赵目珍 —— 著

观察星空的人

黄河出版传媒集团
阳光出版社

图书在版编目（CIP）数据

观察星空的人 / 赵目珍著. -- 银川：阳光出版社，
2020.9

（阳光文库. 8090后诗系）

ISBN 978-7-5525-5554-7

Ⅰ. ①观… Ⅱ. ①赵… Ⅲ. ①诗集－中国－当代
Ⅳ. ①I227

中国版本图书馆CIP数据核字(2020)第184644号

阳光文库·8090后诗系　　　　　　　　　　谭五昌　主编
观察星空的人　　　　　　　　　　　　　　赵目珍　著

责任编辑　林　薇　胡　鹏
封面供图　海　男
装帧设计　晨　皓
责任印制　岳建宁

黄河出版传媒集团
阳　光　出　版　社　出版发行

出 版 人　薛文斌
地　　址　宁夏银川市北京东路139号出版大厦（750001）
网　　址　http://www.ygchbs.com
网上书店　http://shop129132959.taobao.com
电子信箱　yangguangchubanshe@163.com
邮购电话　0951-5014139
经　　销　全国新华书店
印刷装订　宁夏凤鸣彩印广告有限公司
印刷委托书号　（宁）0018799

开　　本　889 mm×1194 mm　1/32
印　　张　7.875
字　　数　130千字
版　　次　2020年9月第1版
印　　次　2020年12月第1次印刷
书　　号　ISBN 978-7-5525-5554-7
定　　价　29.80元

编选说明

谭五昌

在中国当代诗歌发展史上，后起诗人群体的流派与文学史命名一直是一个饶有趣味的诗歌现象。自"朦胧诗群体"的流派命名在诗坛获得约定俗成的认可与流布以来，"第三代诗人"、"后朦胧诗群体"、"知识分子诗人"、"民间诗人"、"60后诗人"（也经常被称为"中间代诗人"）、"70后诗人"、"80后诗人"、"90后诗人"等诗歌群体的流派与代际命名，便陆续出现在人们的视野中。如果我们稍微探究一下，不难发现，在这些诗歌流派与代际命名的背后，体现出后起诗人试图摆脱前辈诗人"影响的焦虑"心态，又在更大程度上，体现了他们进入文学史的愿望。这反映出一个极为明显的事实：崛起于每一个历史时期的诗人群体往往会进行代际意义上的自我命名。20世纪80年代中期，以"朦胧诗群体"为假想敌的"第三代诗人"开创了当代诗人群体进行自我代际命名的先河，流风所及，则是21世纪初期70后诗人、80后诗人等青年诗人群体自我代际命名的仿效行为。90后诗人则是在进入21世纪诗歌的第二个十年后对于80后诗人这一代际命名的合乎逻辑的自然延续。

当下，这种以十年为一个独立时间单位所进行的诗歌群体代际命名现象，在诗坛上引起了激烈的争论与内在分歧。从诗学批评或学理层面来看，这种参照社会学概念，并以十年为一个断代的诗歌代际命名方法的确经不起推敲，因为这种做法的一个明显后果便是对当代诗歌史（文学史）研究与叙述的高度简化、武断与主观化。因而，我们对于当代诗歌群体的代际命名问题，应该持严谨的态度。不过，文学史层面的群体、流派与代际命名问题非常复杂，没有行之有效的科学命名方法，也很难达成共识。这足以说明文学史命名的艰难。更为常见的情况是，一个诗歌流派或诗人代际的命名（无论出自诗人之口还是批评家之口），往往是一种策略性的、权宜之计的命名，从中体现出命名的无奈性。如果遵循这种思路，我们便会发现，60后诗人、70后诗人、80后诗人、90后诗人这种诗歌代际命名，也存在其某种意义上的合理性。因为就整体而言，他们的诗歌创作传达出了不同的审美文化代际经验。简单说来，60后诗人骨子里对于宏大叙事与历史意识存在潜意识的集体认同，他们传达的是一种整体主义的审美文化经验。70后诗人则以叛逆、激进的写作姿态试图打破意识形态的束缚（最典型的是"下半身写作"现象），他们在历史认同与个体自由之间剧烈挣扎，极端混杂、矛盾的审美经验使得这一代诗人的写作处于某种过渡状态（当然，其中的少数佼佼者很好地实现了自己的文学抱负）。而80后诗人兴起于21世纪初的文化语境之中，他们这一代的写则是建立在70后诗人扫除历史障碍的基础上，80后诗人的写作立场真正做到了个人化，他们在文本中可以自由展示自己的个性，没有任何历史包袱，能够在语言、形式与经验领域呈现自己的审美个性，给新世纪的中国新诗提供了充满生机的鲜活经验。继之而起的90后诗人继承了80后诗人历史的个人化的核心审美原则，并在语言形式与情感内容层面，表现出理论上更为自由、开放的可能性。

目前，80后诗人、90后诗人是新世纪中国新诗最为新锐的创作力量，而且这两拨诗人在诗学理念与审美风格上存在较多的交集（简单说来，90后诗人与80后诗人相比最为鲜明的一个特点是：90后诗人的思想观念更为开放与多元，他们的写作受到新媒体的影响要更为深刻一些）。因而，从客观角度而言，80后诗人、90后诗人的诗歌写作颇具文学史价值与意义。

因此，阳光出版社推出《阳光文库·8090后诗系》，体现了阳光出版社超前的文学史眼光与出版魄力，令人无比钦佩，其价值与意义不言而喻。

2020年6月25日（端午节）凌晨 写于北京京师园

目　录

第三辑 关怀

后记 / 235

第一辑 | 尘 世

CHAPTER 1

城市日常的六种风格

黄昏

暮色中同样沾染着古意

高塔像沉默秋风中的共同体

前景看似渺茫

实则以减法营造着朴实新意

攫住那些将成为记忆的可能性

扶摇者将恢复它的黄金时代

在混沌中

我们愿意献身最原始的河流

看起来像褪了色的世界

但绝非空洞无物

如果站在穹顶上看风景

我们就会洞悉

暮色中的古意，并不是微不足道的

海与陆的全景苍茫如棋

秋风吹来令人沉思的境遇

梦中

"梦中的风格"。只能是一种猜测

恍惚中，黑脸的琵鹭扑面

我听到春风在高大建筑物上的忏悔

——如一段失落人间的音符

必须要穿越时间和空间

才能回到与异己者并行不悖的时代

舟楫准备好，东风准备好

无以言的幽暗，不再期期艾艾

如此，理想便得以实现。思想的灵魂

忽然醒来。酸腐的人也不再奋不顾身

绘画的线条和光芒的线条，相拥而泣

真正世俗的言辞，叮当作响

呵，这梦中的现代，就是奔放的裂帛

霓虹跃出琼楼，摇动百世苍凉的旧居

旁白

在春光与秋风中走了很长一段路

借他人酒杯。言不能及

这显然是另一种不可触摸的失意

如同建筑物一片空寂

各自的影子，带来无法剔除的伤害

然而仓皇的中年，结交了喧响的城池

但很容易明白，这不是沉睡的幻灭

可以梦见风，梦见水，梦见电闪雷鸣的

旁证。梦见模糊而又光明的阵线

梦见无可无不可的联盟或友情

梦见无缺陷、不粗糙的震颤的舞台

这其中回荡着无法淹没的声音

只有紧张骤然消失，而意义还在持续

不可能持久性地敷衍每一次相遇

我们应该练习窥视匿名者

哪怕像一个滑稽的怪物

突然造访"再饮一杯无妨"的幽灵

漫不经心

雨水浸淫漫漶，可以照应精神变为

可怜而又自私的傀儡

空荡荡的地理的原意，不过就是

荒凉中的一只大鸟实现了曾经的自诩

如果我们深谙此地春秋的短暂

那么唏嘘性的不安和危险便应该廓清

然而事实并非如此

春风路常常自卑，并且极易陷入臃肿

或者病成自我孤立的境地

是的。的确是欠缺一种宽宏的意义

如何让可能的"逃离"进入明亮之地

如何让人之为人的"身份"

不再仅仅成为社会学和人类学的暗示

"谣曲才是真正天籁，

而欺骗性，代表的恰恰是固守雷池。"

感叹

"就算是几百年的雷击，也只是诠释出了

一种毫无意义的优越性。"

当我们纠结于这种被放大的误会

不自生的症候，就要逾越城池的前额

他们与历史的澄澈签好了合约

多义的乌鸦，被堵住无法让人满足的嘴

然而不可能总是掩盖复杂的悲剧

就像咸和六年的大事，无法定义为一场冒险

这心事重重的岭南。大鹏止息之地

谁在击水中受伤，谁在作无聊的壁上观

虎纹蛙声如犬吠，可以鼓噪一时

但共鸣器如昙花，距离秋风仍然不远

抛却闲情，不做悠闲过头的“至上派”
好奇和趋时牵连着宫殿、庙宇，花一般的罪恶
除了丰腻的红唇，还有理智的灵敏
活的面镜鉴照牢骚悲哀，也鉴照桎梏的破除

哲思

猛烈的“惊吓”洒落，墟水进驻了陶罐
那其实就是一个非常世俗的傍晚
沙洲自成独立的王国，隐晦的力量冲决
自由的戏仿，反转茂盛的顽石森林

发生之后的故事，是无法再进行编造了
目击的人剥夺了情节，毁灭又重复了一次
因此之故，必须有高尚其事的动机
才可以光着头颅，不至于被旗帜覆盖
因此之故，必须能保持鱼眼视像的景深
才可以伶牙俐齿，不至于被眩晕缺席

所幸情形不坏。有些物种的噱头还可以提及
比如九江狸深藏的香囊，穿山甲角化的鳞羽

不分白天黑夜，猜透了，它们也不逃避

——狡黠的流淌，俨然大树菠萝浓纯的蜜汁

那浓浓的仲夏之夜。美丽的建筑物，像极了

幡然的蝙蝠。颗粒状的花岗岩将我层层裹住

但我深知，"孤单必大，一点一画成其独立"

挣脱终究是徒劳的。莫如，——哑然不语。

2018-08-29

观察星空的人

可以想象，对他而言——
除了清澈的蔚蓝，星空更富有其他意义
他所有贪婪的目光，也只是为此
所谓远涉命运，触及本源
不过是被他人曲解的一面镜子

他孤立于世，并且陶醉于这种孤立
在相对性的动静之中
他知道，静观将有更神秘的发现
星空远在万物之上，也会低落人间

但他亦知晓，这并非相反的方向
物极而反，恰是宇宙对固守的革故鼎新
重新回到漩涡，即是回到澄明之境
众星高悬穹庐，亦是堕入大海
灿烂有其限度，正如事有轻重缓急
在浩瀚的深渊中，万物互为表里

终究还是不能做一个星空的旁观者

他踱步走入辨认与考古的大幕

每天超越对肉体的消磨和时间本身

从某种意义上说，带着不合时宜的沉思

借助对大地的倚托，他已离天空更远

2020-02-25

有理想的人

有理想的人，从来不找寻不朽的方式，但有心成为一个孤本。

有理想的人，或者愿意成为一面镜子，但并非为了鉴照他人。

有理想的人，可以失去风景，但青睐那个在沙上划着卜辞而不便解释真理的先知。

有理想的人，随身卸下高处不胜寒的迷。怀揣一个旧的时代，留下温暖的哀思。

有理想的人，很难处乎材与不材之间。

有理想的人，只为大木唱赞歌。

有理想的人，不因见到无涯之水而望洋兴叹。

有理想的人，不因掌握了天堂与地狱的密码而感到慰藉。

有理想的人，剥离假设的世界，注重自己的修为。

有理想的人，耽于梦境，追蹑续写的哲学。

有理想的人，看到采集者，回望赶不上的历史。

有理想的人，以退居为策源，颠倒相反的形而上学。

有理想的人，多少有点言外之意，摆脱顽固与致命的单调。

有理想的人，不惹啼痕。直面寂寥的顶峰，习惯了在无人的危石上消歇。

2018-07-02

考场（一）

难以名状的痛苦，如小虫游移

逡巡，寥落，被迫关心起无所用心的事物

比如"禁止用餐""禁止吸烟"的警示牌

"美心室内门""吉祥物"以及"文明公约"的标识

甚至连垃圾桶看了都不止一次

这是有关于资格的修炼

不过却造就了"呵呵"的困境

是的。连接受训练的人都昏昏欲睡

小喇叭奏出摇篮曲的调门

最难得的是，比邻而居的人，心有灵犀

透过窗子，相视一笑

彼此会心于尴尬的命运

2018-05-27

考场（二）

纸上和内心都经营着沙沙的声音

并且这声音是滚动的

从幼稚的天空，到局促的房间

禁止是无法禁止的

青春的历史，掀着小小的波澜

你无须告诉我

这波澜就生在你的眉宇间

既不宽阔，也不生动

驻扎着约定俗成的不谙世故的光栅

经此一劫，喜忧参半

跨进了门槛，或者徘徊于门槛之外

不过，还好。是青春的处境

并不焦灼

亦不是麻木地守着公约过活

轻轻地来了，亦轻轻地走

等待着五年后的夏风

再吹一个改头换面的你。无精打采

或者平心静气地坐。在湖边的闸场里

2018-05-27

尘世（一）

尘世被列车拖着往前走

躲在外面的理想

清晰可见

那些葱葱郁郁的理想

它们夹带着夕阳散落的光芒

就像是镀上了黄金色的乌托邦

多少年来

无数的人在其中奔走

他们踉踉跄跄

我醉心于观察

这即将西下的美好

内心中充满了荒凉之感

2018-12-17

尘世（二）

炉火是上帝对贫穷的一种恩赐

那些静美的燃烧

就像陌生的粮食在喂养饥饿

干瘪的腹部，顿成归真之地

只要有雪一样的元素

我们就能够感觉到火焰的慰藉

而高冷的星辰妙悬于天空

在白天，它们从来都不现身

2018-12-18

尘世（三）

几乎遍及皮肤和内在的

每一寸深刻

对于蜗角、蝇头的舔嗅

他们痴迷太久

而有为的拙劣

让无限的事业死亡加速

其实与嗜好无关

恶的花枝滋生于贪婪的洞窟

在明静之美中

筑巢于假山的山麓

无异于幻想着——

行到水穷处

便到了坐看云起的时候

而事实并非如此

从扇叶葵

想见古老的蓑衣

我们只能是抽身而退

风从胡同里升起

天之外，飘着的

都是浮云苍狗般的事物

2018-12-26

尘世（四）

人到中年。不知从何时起

人生已经有了蹇驴嘶鸣的落拓感

只是还未进入不惑的领地

居然也时时有了看穿的本领

我悔过——

感慨已经挥霍掉的饭食

和穿凌乱后被放弃的衣衫

我约束自己

试图活出点闲情逸致

当面对妻子儿女

如果他们有期待的眼神

那该是多么值得欢喜的事

2018-12-29

尘世（五）

夜晚降临

我把自己抛入黑夜

就像抛入另一个

清澈见底的尘世

没有任何恐惧

进入另一个境地的人

无不消解了

自己与人群的界限

走在孤寂的人群中

我看见他人身上

折射出自己不形象的光影

和不光明的劣根

就像他人根本认不出自己

我将这种陌生感保留下来

痛饮狂歌三日

感觉这世界

一下子开阔了很多

2018-12-29

尘世（六）

昨日像撒盐于水

很快就进入了死者之林

来不及寻找磨灭的过程

我们便开始了

寻找那些新年的问询

还是卑微的尘世

但有深沉而简朴的爱

我们的纸飞机在陋室里飞舞

天空无须重置

腔调纯粹

甚至连蟹行的模仿也高明得很

当她成为一只螃蟹的时候

当她光着脚丫看电影

感动得哭泣，进入梦中时

我因专注于心头的遭遇

忘记了她话语里暗藏机锋

一点也不像昨日的闪烁

这新年的问候，绝非空洞

2019-01-02

堆沙子

整整一个下午

孩子们都在这里堆细沙

他们挥舞着铲子

和各种道具

陆陆续续在这里建起了

一个又一个美丽的家

在夕阳里

在秋风中

在榕树下

它们那么美

俨然一座座美丽的童话

而等到夕阳西下

孩子们陆续离去

一个清洁工走过来

挥舞着"刀叉"

很快毁灭了所有的"家"

2018-12-02

郁结者

经历一场骗局

他的内心有些憔悴

本来不想告诉妻子

但在打电话的时候

他还是莫名地说了出来

妻子为他的愚蠢

几乎愤怒到极点

他虽未崩溃

但也已大有颓意

夜不知深到什么程度的时候

他迷迷糊糊地睡着了

早晨听到妻子起床的声音

他躺在床上不敢动弹

直到听到大门咣的一声

他才起来上了趟厕所

然后回到床上躺下

过了不久，孩子醒来

推门走进他睡觉的房间

听到响动，他赶紧起来

抱起每次早起时

都感到委屈的孩子

在房间里转

后来逐渐放下孩子哄着玩

整个过程他仿佛都是麻木的

吃早餐的时候

他也心不在焉

但仍努力地给孩子喂饭

吃过早餐后

去厨房清洗餐具

冲完碟子洗完了碗

他发现菜刀也脏兮兮的

于是他把菜刀放到水龙头下

翻来覆去地冲刷

他一直站在那里

仿佛忘记了时间

许久之后

他忽然感到自己有了新的发现

原来菜刀上的流水

像菜刀一样，也是锋利的

2018-11-29

东山村遇雨

想象着，海上总还是会险象环生

只是尚未到结遇之时

头顶已释放出让人退却的信号

可怜又看见藕断丝连的大海

原以为它隐喻了一片大好风光

谁知自顾不暇中

暴烈的雨水，已模糊一摊午后的叹息

死去的鱼，被冲刷

在渔人的船上

渔人不说话

用器具舀去船只中逐渐积深的雨水

我也不言语，只注视着远去的船只

看着已经送走的一批人

仍然不知道前方降临的方向

大雨的到来，果然被我言中了

我们最后一拨人进入到另一只小船里

焦灼的眼神和脸庞埋入焦灼的雨水

雨水沉入大海的合唱里

大海在虚与委蛇的往来中

那时的我，被大海揽入惊险的怀抱

内心一定有悲哀的颜色

我不知登陆以后这种颜色有没有消失

只听说鱼儿越蹿越高

大海上浮起很高的兴致

（注：2018年10月10日有大鹏东山村珍珠岛之行，追忆之）

2018-10-21

夏日偶成

深入夏日的织体

我不能容忍那些带着火焰的话

它们邀宠，或者谩骂

无非就是为了

捍卫那点矫情的意志

看哪。我就像面对火光一样

在领悟着它们——

这词语的巢穴，一个或者三个

有时候会迫使生命

发生难以预料的转折

天上的云朵呀

请你不要减速

我已经做好了缄口不言的准备

2018-05-25

晨 光

她们已经进入浅睡的状态

临行之前

我准备到卧室再看她们一眼

因为到黄昏之前的这段时光

再也看不到她们了

怀抱这种小小的满足

我一个人推开窗子

掉进晨曦

这美得蚀骨和令人销魂的晨曦

一时间

——怎么才能够说得明白

2018-03-27

黄昏即景

黄昏即将飞走。湖上徘徊着风声
像以前的某个时候
你坐在小车上
我们一起摇曳在公园的小径中

路过小桥。桥上人来人往
我们偶尔言语。飞鸟也保持着节奏
像以前的某个时候
你要求从车上下来，走自己的路
鱼儿高兴极了
跳出充斥着玄想的湖

但这一次你小心翼翼，似乎是
担心桥要塌下去
牵起小手。我微笑着告诉你
"没事的。只管往前走——"
你仍然小心翼翼。低着头

看紧每一寸步履扩张所带来的敌意

从一开始，我就惊奇于你的行动
但却无法猜透你年幼的"迷雾"
直到经过高架桥边，一片片三角梅
跳入水中，打湿了悒郁的脸
我才意识到——
咱们已经潜入了洪湖深处

（注：写给两周岁的女儿。）

2018-03-26

丙申年末偶题

大风一点点将下午吹破

阴云混沌如一

湖水中的残荷那么寂静

此刻，想起宋人的诗句

然而我并不孤独

在这看似冷寂的芳菲时节

我不能把自己想象成

一只寂寞的野兽

正如同——

我不能把偌大一个公园

想象成自己的所有

2017-01-13

在列车上

列车掠过了不止一个村庄，
太阳依旧照着大地的荒凉。

这灰蒙蒙的，死气沉沉的北方。
麦田的生机，何时
才能够与垂暮者分庭抗礼?

一株老树，伴宿的寒鸦未知何去。
独留下凌乱的残巢，在风中摇曳。

2017-12-30

途 中

有很多事物

在穿越隧道时就已经消失了

而很多人还没有醒来

不得不承认

幽暗常常使人陷入败北的困境

而荒烟蔓草则时常癫狂于

朝生暮死的山野中

我们是否太耽于诗意的栖居

而不敢触碰灵魂的反面

就像天黑得不够彻底

我们的孤独

就永远充实得不够饱满

2018-12-31

生 活

一天当中仿佛有做不完的事

无聊而破碎的泡沫

配置成我们生活的每一天

它们断断续续

有时横空而来，有时左冲右突

我们尽力反抗

想摆脱这无形中的束缚

然而，有时候它就端坐在那里

任你忧愁

面对生活

我们总是想保持最好的忠贞

然而，尘灰从暗中来

并且随时布满明处

它们来来去去，蚕食鲸吞

我们始终逃不出它的咽喉

2015-02-13

圣瓦伦丁节

那时的阳光，投下来许多温存的光线。

陌生的爱神，送来最美的礼物。

我们从古老的榕树下缓然经过。

寂静环绕天地。幸福近在咫尺。

但同时，我们也来不及审视——

命运中那些曾经战栗的激情。

程序化的仪式行将结束。

制度性的礼节消泯了内心翻滚的奔腾。

2015-02-14

问 候

问候沉浸在深青色的树篱里

春风得意，忘却渐趋苍老的人生

熟悉的生活方式

被暗影中的图腾打乱

山水开始接近最繁乱的黎明

不必问是星期几

不必纠结于是不是有意义的一天

没有垂危的黄昏

没有小小的真我值得怀恋

夕阳收集着最美好的爱情

2015-02-20

总有一天

总有一天，我将保持一种姿态

永远不再改变

那是人世间早已消失殆尽了的烟火

镜中的温暖，依旧如春

而容颜，被埋进一场凌乱的大雪

我的骨子，缺少足够的坚硬

但我知道，在喧嚣的人世——

被掩埋，还不应成为最后的归宿

尽管内心有时候从孤独滑向了虚无

但它始终都在奔赴修行的途中

2015-02-21

凄凉篇

意识到生活的艰辛，是一件

很严肃的事情

如骨鲠在喉，她觉得不吐不快

如此，一次，两次，三次……

这些日子以来

我设想着，有一天

她如果没有了倾吐该有多好

那时我们将超越对存在的怀疑

尤其是当初的相遇

又回到了偶然、必然以及最原初的意义

2015-03-05

礼拜六

灰蒙蒙的天空，千方百计地出现

它不知道，它被这个国家的人民

已厌恶到什么程度

人民为它的消失做了好多种梦

今天是礼拜六

可怜的人民又碰上了坏运气

人们躲在烧烤店里吃烧烤

或者到咖啡店里喝咖啡，聊天

众多的梦想聚集到一起

在礼拜六，总是无法预测云雾何时散去

凝视着这样的结局，你会发现

有没有高贵的血统其实并不重要

天上的大鸟拼命地飞着

一点点的梦想，也被风吹走了

2015-03-07

此 时

此时是何时呢

你我的电话通了两次

地铁过了三站

行人上了一大批

也下了一大批

此时是何时呢

有人瞬间百年

有人呱呱坠地

黄昏如马

尾巴扫着远山的残枝

2015-04-02

早 安

习惯了道"晚安"

然后将梦的列车驶入黑夜

彼此互搂，一觉睡到天明

然而清晨总是匆匆

离别显得比梦醒还要仓促

今天我要向我亲爱的们

道一次"早安"：

早安，亲爱的

早安，抱抱熊

早安，我的小午马

早安，日夜不停散发着香气的百合花

早安，沉睡中的金鱼

早安，过了夜的啵隆茶

早安，我深夜里那首温馨的小诗

早安，我内心的"咚咚擦"

早安，天空里还挂着的湿漉漉的眼睛

早安，即将喷薄的日出

早安，赶着早市的人们

早安，那些弯下了腰的谦卑的风景

早安，一地鸡毛

早安，无限宽广的人生

2014-04-12

告 别

星空越发晴朗。那漫天新异的小星星

它们无法理解和接近候鸟的告别

羽毛变得越来越轻，感伤在周围的桉树边升起

我环绕着一丛灌木不停地游移

珠露趋于圆满。月光从天庭坠落

夜色渐入绮靡——

不过，我担心的事情还是到来了

一切众生突然被大地吸引

它们无不向着地心的引力而去

无论大地多么宽广，地心如何冰封

在而立的年代

我更倾向于做一个向往星空的人

我渴望我死后，我青青的风骨

全部都化为天上的风景，以此来

向地心深处的引力告辞："别了，众生——"

2014-04-12

地下铁

莫名其妙地就想到了"运斤如风"

其实是运行如风

大概是今天涉猎《庄子》的缘故

《庄子》里面说，天下本一气

气散则死，气聚则生

于是我开始打量地铁里这些上上下下的人

他们气质不一，他们各具形容

这一团团的灵动之气

它们到底怎么聚散和死生

它们各自带着自己的洞府去异界

它们都有自己的运行方式在天地间悬空

它们就像流星一样来来去去

列车到了长岭陂，我感觉有些怪异

这里居然没有一团灵动之气

以或上或下的方式来表现契阔与死生

2014-06-16

龙塘新村纪事

说索居两年有余，其实有些矫情。

除了来回经过的线路上的地名，偶尔记得几个。

对于深圳，着实还有些陌生。

但龙塘新村，一下子就记住了。

不是无聊，或者荒谬。

有时候真的是想在这座城里每天随便走走。

就像被记录下的那一天，龙塘新村的摆设一切照旧。

见到几位老友。本以为天色尚早，觥筹尚未交错。

未曾想到还有从未谋面的人从远处到来。

天公作雨，不太容易想到是楼上衣物落水。

其实对于天公作不作美，并无绝对的把握。

我们不能假装视而不见，所以转移的动作格外认真。

"这偏僻的龙塘村，竟然还这么前卫！"

一两个浓妆艳抹的女人，引来茶前饭后的谈资。

也许真是少见多怪吧。

宴席已经开始。但已不知它起于何时。

简单的酒肴上来。

其实并不简单，阿翔的陈年好酒令我唏嘘。

本以为今天有贵客在场。酒间会有多余的动作。

没想到，一切自然。就如风来，人去。

也许"贵客"，只是相对于我自己而言吧。

所谓的高低，也只在于一个人的判断。

席间。有人说话很少。有人喝了很久不醉。

我偶然听到他们在对面谈论着孙老师的美味"土豆丝"。

接下来还有孙老师的亲自爆料，T恤衫来自于国外的莎
士比亚书店。

也不能说我的兴趣不在这里。我偶尔请教谈诗。

或许是出于本能。或许是出于无知。

但我们最终都在酒肴中清醒。没有人喝醉。

没有人意乱神迷。没有人对龙塘新村作出放肆的动作。

我们安分守己，陆陆续续地从龙塘村撤离。

一路上，扁月逐渐偏西。

大家说着些不清不白的话。

粗糙以及精致的聊天，伴我们从龙华一路疯癫到罗湖。

日子似乎就这样混迹过去。我们各自找寻着自己的位置。

（注：2014年8月24日，赴诗人阿翔所在龙塘新村。追忆当日事，以记之。）

2014-09-05

审判记

总有一些事情可以锁定某段光阴。

二〇一四年十一月二十九日，我们被人为的干涉再次证明自己一回。

说实话，我心有余悸。

问题不在于要辩解什么，不在于学识是渊博还是一无所知。问题在于，我意识到被坐了牢笼。

自由与欢快的氛围消失。

大家专注于如何呈现。视野之外的事物，全都变成了废墟。

问题还在于，这一次的牢笼不可以被假设。

身体与心田坐卧不宁。人暂时死去，因为这已不是真实的自己。

我将这牢笼分为上下两层，分四个地点布置。

第一层是点卯的，预知你要被审判的时间；第二层是等待审判，这时你是个"罪犯"。

而上下的楼梯让人忐忑不安。

第三层是审判间。在里面我差点停止呼吸。

审判者中有自己"认识"的人，更有惺惺作态者。

我虚与委蛇，但我尽量保持良好的逻辑。

我已不知是在何时走出了地狱。只恍惚记得，手指在审判桌上留下仓皇的痕迹。

我相信他们都看到了我，但我在恍惚中没看清他们任何一个人。

我就像是一个被捕获的猎物，在没有太阳闪耀的一天被放出来观赏。

这一天，他们打量了好多"悬狙"。它们集体出现，然后又一起消失。

可怜的猎物。

面对囚笼，我们无处藏身。审判虽冰冷，但它仍将一次接着一次。

2014-11-29

晒太阳

我说，有风无风并不是太重要

重要的是，要有有温度的阳光普照

并且为我们照射出好心情

我是这么说，也正因为现在

我也正在这么做。尤其是我看到有几个

光着屁股的孩子在阳光中来去

那小小的步伐，那么纯真

整齐的阳光，被他们跑得既歪斜又整齐

他们的妈妈，似乎并不以此为乐

但我却以正在晒太阳的一丛勒杜鹃为背景

看着他们，笑疯了

2014-02-23

起床后的第二件好事情

起床后的第二件好事情，就是煮红薯燕麦粥

我一边嗅着清香四溢的泰国孟乍隆清莱府茉莉香米

一边用量杯仔细地量出 80 毫升

然后加入 20 毫升劲道的燕麦，去淘洗

水淘两遍。加水约 400 毫升，大火升起

然后去物色两个小红薯，打皮，切块，淘洗

放进锅里，用小火慢慢熬煮

我不知道我的程序设计有没有不当之处

但我怡然自得于其中

我已经为此着迷

静静地恭候着那不久就要散发出来的香气

一夜的不快，都被这香气绕了进去

2014-03-01

惊 蛰

它们总是在这个时候醒来

内心充满了惊雷

我喜欢这万物齐鸣的阵势

喜欢喧闹声中泛着梨花的白

桃花的红

喜欢有燕子归来

将细雨捎回

喜欢有鸽鹕的歌唱

唤起内心的独语

喜欢鹰化为鸠

就像"腐草化萤"

喜欢所有的沉默被惊起

喜欢人间的事业受到歌颂

我看见那些惊蛰中的消息

它们是那么的不规则

蘑菇们打着伞，簌簌潜行

2014-03-06

征 途

无疑，我们已在征途之中

逃不掉，摆不脱

时光如此坚决

它再一次将我的寡断和优柔击退

我还是那么的没有记性

天之涯，地之角

如此天南胜景

终还是落了个半零落的征程

听着零星的航班播报

本已无聊至极。没想到又看见

一个中年男人拿起手机

开始向他的狐朋宣示最新消息

2014-01-20

重 逢

重逢是一碗面

是一座面目不堪的小餐馆

是一条川流不息的小吃街

我低头走过那张曾经熟悉的脸

很不自然的表情

我故作惊异

闲坐的时候

没有言语，不敢言语

重逢的人要走了

我突然觉得有很多的话要说

2007-12-17

第二辑 | 另一种光阴

CHAPTER 2

你来看此花时

天色已晚。春雨歇绝

空气中，湿气弥漫。忧郁如泥淖

无法谢世。是圆满的踪迹

或者偏执的想象，令人生畏

而你却认定，那就是自己一生的颜色

我步你的后尘

我欣慰。能步你的后尘

踏遍方圆十里山水，和凄凉光景

只为搜觅那脸哀婉动人的月色

然而，轻佻笼罩着我们呀

那些清脆可闻潮潮润润的轻佻

从南山，一直追蹑至旧曾谙的罗湖

这白天与黑夜，还有什么分别

孤立无援的境地

无论早晚，都要陷入

2018-04-26

另一种光阴

启示就隐匿在岩石当中。

一只乌鸦，颓废。

哀悼的力量。

崇高的美，节节败退。

不难想象。在此时

一定有孤绝的滋味，嵌入深渊。

赭石色的泥土，敞开了

旧时月色曾经降临的腹地。

幽暗的将逝者，即将长眠不起。

在接受它们的时候，

请不要轻率地悲悼。

而是继续背负一个完整的光辉。

荒凉是带不走什么的。

蒙昧的欢喜，总是深藏若虚。

像一个个偶然闪现的美人。

2018-04-24

此时（一）

天空空无一物，就像高原之上的

湖泊，在完成最完美的洁净

飞鸟离去了，不为果腹的鱼

云朵苍老了，落入无人的山谷

无风的山坡上，两个青梅竹马的人

沿着相反的方向走

我只有小小的胸襟

竟猜疑这其中有不安的气味

2018-04-23

此时（二）

黄昏进入晚年。樵歌也越来越响脆

如同混入了山野

它们的身上带着流水的声音

流水离开尘世，我们步山亭远望

望自然而然的往事

望密不可言的盛典

望山，望水，望烟火

也望虚无之中那些缥缈的光阴

2018-04-23

偶 得

白鸥在湖上盘桓一周

同伴已不见踪影

它停下来，兀立岸边

孤独的忧郁，微漾于水中

2014-11-24

长临叙

即使你在静候一场繁盛的黄昏

也是晚风在凭栏远眺一副宁静的面孔

爬上高处的灯笼，红红的脸

在长河的两岸，她们就像是睡着了

骨骼清奇非俗流。她们那么美

任何一根肋骨都经得起细致的推敲

因此，那些野菱，那些茭白，那些荇菜

怎么可能会无动于衷呢

就像青阳山的水，似流非流

也还是有鸳鸯、塘鹅和鹭鸶抓住它的颈部

推幻觉入白练

捣虚无入虚空

我还是太过热爱你红灯夹明镜的这种纯粹了

只有少数人理解你妖媚的水袖

青砖黛瓦泯灭了时间的深邃

我的思想停歇在夜晚点燃你的时候

2019-02-27

春日岱山湖

她又数了一遍粼粼的波涛

不可思议的是，隐晦的苦恶鸟

仍然隐身于沼泽或芦苇上

"故乡处于大地的中央"

我比春风来得还要晚

——真是不可救药

于是，我把自己放逐孤岛

与角斑岩为伍

看鹭鸟翻飞，就像绝处安好

如果明亮被绯红湮没

你就可以寻找到归山的种子

很多年，这棕绿的湖水就像是

一株极富天赋的仙草

说着自古而然的话

禁得住山槐与元竹的恼

一定很少有人耽于这婉转的美吧

《心经》就是召唤内心的吵

2019-02-27

龙泉山怀古

风雅的路就通向山的腰肢

转世的山泉水，在睡梦中有了酒的滋味

梦想遗世绝尘

我们怀念那些人事有代谢的古今吗

我们怀念慕名而来的滁州太守吗

其实，也只有钟磬音才可以

还原那些破碎的历史

古老的香火像极了繁衍的歌

我知道，这会是一场可以预料的告别

禅影的静寂中充满了暗示

老去的游踪正寻访磨灭了的珊瑚色

2019-02-27

在钱穆、钱伟长故居

啸傲泾包含了无限崇敬的新景象
向着儒学、力学以及更加内部的渊海
这是通向人文观测的小径
在世代簪缨的全景中照见别样的真实

他曾经一度沉浸于"细浪"的观察
等闲看见些丝竹的和鸣
而击碗是"海浪拍打"的另一种颜色
它们横逸、斜出，但却相反相成

无聊的是，陈述削弱了隆高的力量
目光全部滑入虚无的"捉衣蔽体"当中
"三世五王"当然有它的前景意义
素书堂的读书声决不应只在片刻留停

他转过身。为免于对传统的遗训中断
没有什么能够打破光亮的世界浮出水面

这蔚然的家风不是历史的幻象

这黯淡的厅堂不是苍郁行云的去向

2019-04-15

梁鸿湿地公园

这是作为集合的一种存在
天的蓝沿着边际展开
风带着鸟语花香，河流的脉序长长
面对这样的惊喜，他有时候
变得一动不动，一声不响

这是真实的感觉——
此时没有不安静的、恣意的自我
时间浮在伯渎河及其支流的水面上
生命的言语与爱情成为同一的存在
梨花落下，融入接近正午的日光

2019-04-15

物联网小镇

围绕着一个中心，冥想成为了现实

那些支离的、破碎的，新生的、老去的

街道与广场，工业与农业

在一个观景台上，它们统统完成了

最美的融合

他曾经设想，这是他并未置身的世界

即使存在，也可能是

零星的亮斑与模糊的阴影交错在一起

然而他并不怀疑这些亮斑的存在

因为他察觉到了一种尽善尽美的和谐

2019-04-15

鸿山遗址博物馆

没有任何意图

做一个鉴赏古墓和人头骨的预言家

在这里，铲除历史的传说

铲除雕刻与陪葬的文字世界

我们仅关心那些死去之人的命运

他们像一群大象

在古墓洞开的同时将讲古的人惊醒

他们在宏大的遗迹中穿行

沉重的脚步声穿过甬道

进入那些戏剧化的迫不及待的耳朵

这突如其来的侵袭在并无设定的场景中

对寻访构成了一种仓猝的威胁

面对不寻常的被打破，我们倍感茫然

我们与哪些骨骼会有紧密的关系呢

这是与我们的肉身接触最少的一部分

他们的动作已经式微

如烟雾般笼罩的财富、权力与地位

也已经消歇

我们觊觎这些傲慢的品质与爱好吗

暮色沉沉，内心的景色一片昏黑

2019-04-15

至德墓道上的遐想

高踪及谦逊并不排斥宏大的历史

相反，它们比天空消逝的黄云要真实许多

至今也很难说清这其中遮掩了多少人的命运

他们躺在黑暗的棺椁里仰望着星辰

故事的真相却变成有力的意图之组合

任它龙云飞舞、日月普照

结论已经消失，只剩下了猜想或者悬疑

事事略有所闻，便没有什么不是深奥的

就像火焰碑迎接新雨，自成反照的镜子

前来吊挽的人们，只能一次次与自我道别

幸运的是，我能够成为这吊挽中的一员

与出逃的帝王一起面对"皇山"同生遗笑的叹息

一切事物都无法恢复它原本的模样

有些人会因为同情或者自嘲获得时间的尊重吗

忠诚的獬豸以狰狞的面目混淆了白象与雄狮的怨艾

2019-04-14

戊戌季夏，访天宁寺

路途并不遥远，黄河近在咫尺

无尽的荒野之中

那些寂静的花瓣，转身，然后瞬间消失

它们的孤独，开到荼蘼

喑哑。如深沉的我

一路寻觅

庄严的磬声却迟迟不肯到来

于是，我们闯入细雨

霏霏的细雨，撩拨起崭新的阁楼

山门间，凉意盘桓

我们低下沾满尘埃的头颅

无疑。这就是窈冥中最真实的力量

思想纵然艰涩，却无力拆解高深的禅门

更何况，藏经阁沉浸在细雨的阒寂中

正午的风，早已停止吹吸

而某一个人就要离去，步履轻涉

寥廓的故园

2018-08-19

蓝海御华闻诗

在午后。阴暗的天空，有它自己的仪式

不消说。我们也有

牵连着对诗的沉思，我们像极了虚无的石头

是呀！这寂寞的石头

从晦暗的补天的一角被黜弃人间

在某一个时刻，完成自己的悲剧

人间的"万古愁"，从此如如不动

2018-08-20

在东营港，远眺无垠大海

这就是人与天地的间隙

黑的鸟，白的鸟忽现。然后翩翩起舞

烂漫之极

这就是无法捕捉的尘世，唯有你是真实的

而人恰如海上的浮沫

再远眺一次，就会万念俱灰

于是觊觎起星汉灿烂，日月之行

但当我一如此怀想

我们其实又怀抱一场有理想的风

是的，风有它自己的理想。它懂得：

吹就吹去死气沉沉的歌唱

吹就吹去漫天的游云

吹就吹去假惺惺的怜悯

吹就吹去无耻的谰言、卑鄙，以及

永恒的伤悲

2018-08-20

孤岛的意义

在孤岛，我们一无所有

绿得透着光亮的草，翡翠一般的槐林

我们只能聆听它悦动的心脏

把孤岛想象成一个精灵的创生地

在这里，"自由决定"失去了意义

"她的美丽在我身上注射了一枚温和的毒针"

我们空怀一身抱负

"在酒绿的大海中央"，沉迷于幻觉

当没有醒来的时候，心还能系往何处?

2018-08-20

在孤东

鸥声就停留在耳边的悬崖上

并无任何偏爱

对于这无所不在的混沌

我们始终朝向天空和云霓的方向

不喜故地重游

摒弃的手段就是孤立自己

在汪洋之水的旁边

向能够会意的精灵发出善意的邀请

然后，我们互相快慰

互相吞噬

"远远地逃遁，消隐，全然忘却"

然后奔赴各自的天国，来一番巧妙的旅行

2018-08-20

浮桥之上，观黄河入海

第一次，这样近距离地对着黄河出神
此刻我是谁？竟怀着如此令人深奥的感动
这是又一次"开始"所带来的意义
过去与眼前，瞬然暌隔，不复相闻

呼啸而来，奔腾而去。这其实
就是它抒情的风格
尽管在时间上，我们无法构成对谈的格局
然而这其中并无审判的意味

滔滔不绝的黄河水。我要感谢你
感谢你金色的血液中，带着万重山的款待
感谢你将伟大的事业带入遗忘
感谢你以一种有力的昏暗带来澄明的结局

我相信，这样的结局一定令人感慨
没有什么是奇诡的

荒凉的湿地中，我们星散如蚁，但也密布在一起

一如月映万川。此时此地，我们与一条河并存

2018-08-20

假使我们登上了望远楼

假使我们登上了望远楼

黄龙入海，就会把我们推向更远的空中

然后一群天外来客

犹如饕餮的虎狼

向着令人惊诧的画面，恶狠狠地扑去

就这样陨落到大海的秩序中

但不要难过

我们只是度量一下黄河的命运

我们将见证最灿烂的"呼吸"

或许正是"情有所自的语言的哭泣"

但这种悲壮的记忆能否铭刻

荒草拒绝丰收。众鸟高飞

天空中的氤氲，俨然秘而不宣的消息

2018-08-20

鸟类科普园

只有放飞的时候

才能够与整个的无限衔接起来

我们一同发现这样的形象与样式

并非简单的偶然

因为我们原本都不是一个相对者

我们原本都处于自由的状态

即使是丹顶鹤、白鹳、苍鹭、银鸥

也并不以颜色取胜

它们的点染，加上美名

闻之便有让人安睡的企图

然而，是谁赋予了这苍凉之美

以饮食换取的禁锢？

可怜美丽的蓑羽鹤和疣鼻天鹅

并不能洞测我内心的隐忧

当走近它们，我悄焉无声

它们低沉的鸣叫，就像模糊的召唤

召唤纯一的生机

或者唯一的主宰

可这种力量如何才能实现隐晦的突破

我只能听到向隅有泣

2018-08-20

在黄河故道，登观河楼

杞柳的长势喜人

大河始终款待着这片不可穷尽的光阴

"两个相同的命运，在一刹那间，相互点头，

默契和微笑。"

独立的世界，需要的正是独立的封存

只有通过你，我们才能刺入河口的腹地

在观河楼上，打量四周

此刻，夸张的修饰全部略去

天空就像是一面镜子，一面鉴照

野性的世界，一面鉴照着我们的内心

一定有人的心头是多疑的：

是谁老于世故，改变了狂热的初衷？

曾经的影像，无法还原

但可以想象那些磅礴的力量。一旦付诸

有意味的形式，定然带来深刻的革命

交汇的奇观只能存在于想象之中了

当我充满希望地登临

我就曾意料必有一种落魄的回归

这不是星象的袒露

只有沉溺于天空，才能看到交融的时间

（注：诗中所引为梁宗岱语）

2018-08-20

观鸟亭上

赤麻鸭、翘鼻麻鸭和斑嘴鸭，就是此世界的血肉
称光为昼，称暗为夜。那里还有傍晚，还有早上。

芦苇荡素朴的美，就要颠覆掉我们习以为常的偏见了
我无法言语，只能独饮这荒凉之岛的本来面目

2018-08-20

八月五日夜，东营宴饮有怀

相会并不是徒劳的馈赠

我们行走，大致还是沿着兄弟的轨迹

此夜有酒，带着异常的欢喜

虽是初见，其实仍旧有命运的倾斜

我们都处于微尘之中

大话、俏皮话、调侃的话，可以治愈

麻木的生活的疼痛

在事实面前，我们必须调侃尘世

心中的瘟疫只有通过言谈才能祛除

是的，没有极限

手指无法辨别已经积存的羸弱

唯有杜康，可以使大家一同消忧

这东营的一夜，流动性

如此短暂。然而真情却盛极一时

2018-08-20

立秋日夜，酣饮留别

取道山东。并不为祭奠这个即将煞尾的夏日
我们的存在是动态的
被禁锢的秩序早已解体，行迹已然改变
在被遗忘或经由过滤的齐国，面对滔滔黄水
我们酣饮，然后相互寄赠别离的箴言

不难发现，拒绝"隐喻"和堂而皇之的言谈
着实是有难度的
我们推杯换盏。夜色被置于浅褐色的眩晕中
如果不能忘却荒野中那些神秘灿烂的光阴
我们也一定会禁不住想象别后的场景

还是以酒为尊，然后——
洞察几个灵魂相遇之初，聊天的尴尬处境
决不能认为只是昏暗中的过渡
我们隐蔽的隔膜、软软的隔膜
充斥于辽阔之中

也一定能够猜测到时间的对峙

每想到黯然销魂，夜晚就罩上一层悲伤的面纱

明天的我们，依然疑虑重重吗？

明天的江河依然有宽有窄，存在或明或暗的关系

我们应该如何回应？乐夫天命，还是大放悲声？

2018-08-20

七月，大阪的早晨

至今，都不能确认"阪急"的真实含义

或者说，无意去弄清楚它的表达

只注意到，街道上，有单车偶尔掠过

阳光灿烂，普照梅田

一切都是真实的

一切又都如缥缈的楼阁

但没有什么是乏味的

径由空间的感知，可以建立生活的新秩序

同样的。你要相信

在这个时间，菊花绝非偶然的事物

它是内部的"威胁"

无形的力量在刺激着我们

但自由的呼吸并未中断

一些所见从视野中消逝

一些不见化作了正午的风

（注：阪急，是大阪市一家著名的百货公司。）

2018-07-19

广济桥边的沉思

广济桥真美。

在实在的此岸，我就已幻想起韩湘那"飘若""矫若"的龙凤真迹。

其实，又岂止"洪水止此"？

凶神们仓皇逃离。意溪化作了韩江，退之成为最美的刻石。

到底是谁捣响了岭南之鼓？

章法陈旧的大唐潮州。"鳄渡秋风"凄紧，"东山橡木"蛰伏。

不过，到底还是"除弊不惜残年"的批鳞勇士。

雷霆一般的鼻息，每一个手笔都不容小觑。

然而，晚钟枯黄。

开元寺的香火愈燃愈炽。就连春潮鼓荡，也仿佛为星辰将陨涨满了悼词。

瘴江汹汹。瘴江汹汹啊！可毕竟还是难掩撄犯的
忠骨！

八千里长安，落日不远。霞光散尽，暮云凝滞。

2014-02-07

招商依山郡

鸟鸣率先登陆小镇，然后晨光抵达。

星辰带走了一夜的喧嚣。但那些疲惫的孤独，还停留在我身上。

招商依山郡不过是我生命之途中栖身的一个小站。

然而桐华老去，草木焚烧起熊熊的烈焰，使我不能很快将它忘记。

我羞愧。故乡的很多往事，已经渐次远去。

我们开始错认一些美好的节日作为故乡。比如清明，比如除夕。

因为有它们，故乡就仿佛还活着。

在招商依山郡，突然就遭遇到乡愁。这是我万万没有想到的事情。

它们就像陈年的老酒，一次次醉倒我的喉舌。

而风，把一部分光阴吹走。天，又亮了。

2014-05-02

此身已付武陵源

此身已非我有。仙境垂临

遗忘于山，遗忘于水

遗忘于一场白云的流动

寂静融化掉世俗的光阴

且把此生交付

光色饶舌，遮拦了献花的仙子

以目驾驭山岚，御笔峰虚幻成真

再欲去寻缥缈的流水

忽见采药的老神仙已经折回

这纷纷扬扬的震撼

火焰如何熄灭

一刹那的遇见，就是一刹那的庄严

蓬蓬勃勃的美，让人将尘世否决

2016-09-29

望天门山

先是远望，居然也望见杜鹃的果。

这是只有在天门山才能发生的事情。

其实，不必置身于月落的境界。

任何时候，我们都有可能忘记来路。

其次，遥看门户通天。

洞府里，老神仙们在练习劈柴。

孤独和逍遥，散作了流水。

神仙劈柴的人间，早已不是人间。

到天门山，最想做的事，就是

到神仙的榻上睡一觉。

同时，还可以观瞻清浊双瀑；

然后见证一下，那散落到云梦的

是不是都是龙的歌谣。

我把后半生交给你了。

无论神仙来与不来，碧野瑶台

已成此生最爱。

通天的大道，也已在内心敞开。

2016-09-29

夜宿袁家界

黄昏，我们目送光阴退去。

雾岚继续演义。

天下第一桥远远地横卧在夜色之中。

想象是我亲近它的唯一方式。

无须登上迷魂台，受什么蛊惑。

同裸露在白天的它一样。

风声充满了雌性。

即使到了三更，我依然爱它。

很难想象，灯火阑珊处你的寐影如何。

我已计划好，明日在后花园与你重逢。

而接下来的会是什么？

夜色宽广？

当然还有一首即将失眠的诗。

2016-09-29

在索溪峪

三海合一，仿佛相依为命

我不得不爱上它

就像白云匆匆

突然与峡谷发生了关系

时间不多，但我们尽情缠绕

说不上一定要填补些什么空白

缘分既已到此

不妨就执迷不悟一回

也许源于心情的恰如其分

卧龙岭和宝塔峰，分别为我们

酝酿了一段不朽的光阴

但我的直觉告诉我，我不曾来过

我就是我的双面神

2016-09-29

老院子

晨光从北宋来。那被沦陷了的

月光，和数不清的漫天星辰

她的身躯衰老

但却永远睁着迷人的眼睛

就像椿木，天然具备清香之体

诗书传家，是一道令人快慰的风景

我熟悉这其中的隐喻

尽管无法分辨家谱和生命的关系

然而凛然正气

从来都不会失衡，或者缺席

就像龙龟，孤独地沉于池底

然而在尘世的分量

恰如两百年不倒的仙居

踏进这座院子，光阴进入午睡

历史的影子不由自主

我们踉踉跄跄地在这里相会

却不能预料，西兰卡普中的太阳

如何才能以还原的方式顺利现身

2016-09-29

南田山怀古

只要青峰还在，白水长流
家酿觞边的雨鸠，仍旧在
致敬当年耕读的睿智
南田的青史，就不可能抵消
山川背后所潜藏的那些隐喻

然而这其中的事实是，战栗
已经谢幕。但泉谷仍然不失其
隐逸的景象。满目的青山
来此迁居的唐宋元明
全部都化作了坳岸垟垄

在并未被悬置的高旷绝尘
历史其实一点也不荒谬
洞天福地也好
避难之所也罢
兴亡之苦，都是覆水难收

当然，面对着"气象万千"

我们也不能不谈论一下

支夏山中那座坟茔的高度

诚意伯不被条石蒙蔽

而是醉心于青草的稳定性

这是一场对雨水抒情的敞开

迷信碑刻的危险被巧妙规避

九龙抢珠已是古老的比附

倒是墨砚、笔架之山

让我们不能忽略象形的文字

2016-11-26

铜铃山虚度

细细想来，也不过就是

一场非常低调的秋事而已

然而却很快成为了

飞扬跋扈的证词

我百思不得其解

我渴望隐居铜铃山中

即使身影游荡

也不须另一种镜像照临

更何况斗潭曾经有苦涩的战斗

我厌倦一个人行走

但却无法理解斗法者的妻子

成为乌合之众的一员

不妨再踏上巨岩，坐稳钓台

并非出于什么目的

只想借助"鱼凫"

来洞察内心那些奢侈的枯寂

虚度，也许琐碎得不名一文

然而，人心清澈见底

若无其事，与月白风清

终究不是一个境界上的打量

当世故被消解得面目全非

我仿佛看见灵崖之上

一阵长风浩荡，不知那是

何人在拼命地摒弃一切身份

2016-11-26

百丈漈遥冥

飞流的静寂，也许只有对它

产生偏见的时候

才能够与世人一道谈论

更多的时候，它以雷声

掩盖了闪电有力的想象

暮色中。如果你依然不能

颠倒那些虚伪的梦想

我相信这将是一场灵魂的厄运

因为将信将疑

乃是围绕绝壁千仞

所展开的最大的忌讳

我不能一直保持悬念

就如同不能克服寂静无声的恐惧

然而有时候也正襟危坐

千仞对于很多人而言

必然有"高处不胜寒"的隐忧

相反，我享受这份孤独

当然，沉湎于其中也未必是

一件特别阴暗的事情

就比如，从"九天"不尽中

很容易发现藏匿的星辰

它们越稀少，空旷就越圆满

这是一种偏安的福祉

它化折磨为喜剧，变忍受为法则

2016-11-26

驮湖梦境

叶红似火。美景浮浮沉沉
就如同孤与独,不分轩轾
此时,如果还不能忘怀
旧日的面孔,那一定是
暴露了自己在尘世的身份

造一个梦境,让我们
蔑视一下可疑的生活
壶穴虽然带来了幽暗的听闻
其实不安的内心当中
——依然灯火通明

化身一株玉树,你可否将
那些曾经的不默契
在一时之间驱逐干净
再做来世的夫妻?这也许是
连草木都会怀疑的情事

倒是潭水凝碧，解决了

暮晚中那些悄悄隐没的翻转

我无法向你宣称，畲风是不是

隐秘的。我只能说，她在

每个人心中种下了一片桃源

2016-11-26

问津飞云湖

烟云如果狂狷，那该是

怎样一种胜境？

我的审美，大权旁落

此刻，飞鸟正盘算着

——飞度眼下的迷津

独享一湖烟波浩渺

其实我并不怎么理解它

倒是青山知趣

兀自屏立于四周

让我深感无助与愕然

不过，置认此一种羁旅

我们从此将不再乐极生悲

七星岛虽然与落日同在

然而亦仿佛与闹市为邻

白鹭与我，处处可以安身

2016-11-26

乌衣巷

面对着乌衣巷，不必再审视

时间的有效性所带来的无形杀伤

从遁身于诗人故乡巷口的

夕阳，以及朱雀桥边的野草花

我们便可以大彻大悟

并非有多么深沉的历史

不过是穿戴黑衣的杀伐者

遭遇了一场孤寂而又荣耀的棋局

可怜他们没有留下清晰的面孔

只有那一袭黑衣

让王谢盛世变得有迹可循

我是一个独立而黯淡的异乡人

"和命运作对"，但并未造成什么灾难

依然钦羡的是——檐间的燕子

它们从不在乎主人有无高贵的出身

它们泰然自若，来来去去

它们让朱门的流水变得静深异常

站立在这梦境一般的巷口

屏蔽掉所有的喧嚣

历史蔓延。就仿佛一场偶遇

我将我酸腐的肉身托付于三国、六朝

渐明渐暗的黑衣人正无限接近

被埋藏的往事，瘦骨嶙峋

2015-03-09

夫子庙

历史的潮水退却，你却并没有衰老

源于一条数度沉寂的河流

我不想谈论关于你的沉浮一生

因为你有一种更坚韧的力量让人臣服

这是春天。是一种遗忘，再次

把我送回了秦淮河

此时江水浩荡，万物复苏

是反刍和品读你的最好的日子

一切都回到从前，香火鼎盛

无数的士子，为了功名奔赴到你的怀中

这当然不是一件坏事情

相对于随遇而安，他们有更坚定的意志

夫子庙，请赐予我轻微的想象：

"桨声灯影连十里，歌女花船戏浊波。"

看着这阴沉的颓波与死浪，我不知道

你是如何在那些"昼夜不绝"中获得安详

这是一个哑默如铁的年代

总有些人想推开夫子的教导问路

黄金可以铸就短暂的金黄

可谁能来安慰时代那道隐痛的伤口

2015-03-09

在锦里

先是看到了锦官城

然后才看到了它

带着蜀中最美最古老的水声

我仿佛看到锦工们织锦的身影

梭子在织机上来回穿梭

美丽的案图裹住了历史无数个年龄

这里的风景和美食宜人

不衰的繁华，涌动的潮水

意味着它，永远也

退不出被烟火熏染的人间传统

先主和后主依旧端坐在隔壁

蜀人们所供奉的武侯祠里，雏菊黯淡

这锦衣玉食的巷子

是否是鞠躬尽瘁者带血的伤口

我看到无数人从遥远赶来

他们喜欢从这里打开衣锦还乡的味道

时光停停走走

而历史在这里沉浮了很久

2015-03-09

在天涯海角

浪花如美梦，白茫茫一片真干净

无论是世俗，或者是凝结着浪漫

我们都觊觎那神圣而不可侵犯的爱情

对于一个情人，或者自己的老妻

此刻的歌唱，苍白而近乎荒诞

因为那被神话了的角涯，就在眼前

大海冰冷异常，海誓山盟早已被迷雾攻坚

自由而过往的落日，即将沉入大海

那些无关誓言的飞鸟，若隐若现

2014-01-31

车过天涯镇

出了大东海，应该是一路向西
沿途风景黯淡，对这天南之南
我一下子减了不少兴趣

天涯海角偏于一隅
且把这胜景作为今天的压轴
我一路向西

车过天涯镇，什么黑龙街
青龙街，黄龙街，什么塔林村
终于到南山寺，才仿佛嗅到些佛的气味

观音且也不拜吧
一路向西，我直奔大小洞天而去
神仙着实不易见

路遇小村。细犊啃草，蔬茄满架

我不知道，到底是我们在求佛仙

还是"佛仙"在仰盼我们前去

2014-01-21

秘密的花园

1

你的光，秋日的光

俨然舒伯特古典主义的曲调

触碰到虚幻的大雪

折射到眼前的大海上

从沿江高速的方向看

大海就像是一场露天电影

一阵风儿吹过

就仿佛电影中人物耳语的状态

呵！我多么想握紧这暮色中的

海上世界

但最终松开了蜷紧的拳头

2

但我仍然是这风景的盗猎者

浸入肉身的

已不知该如何引去

只能寄望于海潮的震颤了

摇落的感觉

就像是世俗笼罩下的放行

我觊觎着天赐的歌谣

我隐约感觉到风声起自于哪一边

青铜色的大海庆祝着偶遇

我注视着琉璃围

想象起现代之音的召唤

3

这是秘密的花园

我迷失在这秘密的花园

就像是此前迷失了很多年

不能不为镜子中的故乡　．

做一番哀悼了

伫立在虾山涌大桥

看海水进出，上升或下降

"唯道德之乡"的感觉

恰如晚风吹拂

我还将继续接续些什么呢

大海静寂

我的内心亦隐匿不见

2018-10-20

第三辑 关怀

随风而上

他在找寻着他们之间最恰切的位置

遗憾的是，滑稽不断升级

有人非常顺利地喊出了倒戈的话

她忘记了自己应该扮演的角色

应该说，他们都不是一无所知的人

然而语言晦涩难懂

他们都沉浸在发泄的世界

像囚徒一样，埋葬了对方艰难的声音

随风而上。谁能够领会这被空虚吞噬的感受

二十米开外，那些被放弃的人

正酝酿一场华丽的转身

而秘密的隔墙者正全神贯注地偷窥着他们

2018-05-22

五月四日，因事赴南山，途中作

这清尘，多少与雨后有点关系。

我差一点就动摇了。

列车的声音像石头被雕刻一样沙沙作响。

混迹于刀刻之中。

囚禁那么明亮。

我不能无视这混沌的一面。

如此忧郁。

那站着的忧郁，是很多人的葬身之所。

2018-05-04

即将废弃的苹果

那颗即将被废弃的苹果

躺在那里，只是被咬了一口

它看起来如此干净

难堪的秘密

为此仓皇了数十公里

2018-04-27

所有明亮的地方

都触及内心当中

唯一的雪

我翻阅那些湿漉漉的卷宗

不再有任何悲伤的味道

2018-04-27

新白马篇，兼致曹植

1

风中仍漾着你，唯一的灵魂。

凯旋的白马，

尽管最后是一地荒芜，

荒烟蔓草却无法湮没你颖出的风流。

亦曾金戈铁马，芳华扶摇直上。

铜雀台拔地而起。

登高赋诗，你的灵气从高台上汩汩涌出。

然而你深知，邺城那些柔软的生活

是虚无的乳汁。

于是慨然请缨，见证了那个耻辱的洛阳。

残垣断壁，到底意味着什么？

蛮荒蔓延。生人凋落。

昂扬的内心，陷入困顿的僵局。

2

功名无害。

是的。功名是一个未知的世界,

然而内心却发生了巧妙的转移。

痴迷落入黄昏。

意气的运用成为省察自己最完美的方式。

做不亏欠良心的事。

以饮酒祛除欲望。

以冒险来还原隐秘的意志。

只做最真实的自我。

将一切虚伪悉数收割。

或许是最艰难的"惩罚",

然而也未尝不是一种相互砥砺的美德。

3

把灵魂切开。

精神的苦难中，依然深藏对悲风的恐惧。

朋友如黄雀。

罗网如大海。

很快，

敌意、屈辱与仇恨，三者合而为一。

于是，孤独袭来，

忧伤袭来，

磅礴的枷锁袭来。

怅惘，从此高悬如月。

然而偌大的尘世，却无处让它们欢放。

"本是同根生，相煎何太急？"

——啊！这是多么盛大的悲凉！

4

你一定想尽力脱离这悲凉的尘世。

山水如闪电。

如果它污浊如斯。

你也一定想回到手足连心的初景。

流连于做相互依偎的石头。

尽管那些光阴颠沛流离。

如今，那些暗中的满足，

幡然向后，成为反对自身的事物。

"生存华屋处，零落归山丘。"

啊！多么可怕的命途！

到底是什么置换了那单纯的当初。

5

粗粝的嬗变是生涩的。

我们为慷慨的秦筝与柔和的齐瑟捧腹！

它们曾经充当遮羞的工具。

然而我们亦为你洒泪。

"虽潜处于太阴，长寄心于君王。"

你的苦楚是饮不尽的。

如谜的阴霾，笼罩着一方茫荡的天空。

借水出神!

借白马转世!

无论如何,你都是那个宴平乐的陈王。

愿阴暗的历史都在后世荒诞的"记忆"中死去。

愿洛水不再有任何幽暗的猜疑。

2018-03-10

人面桃花

站在并立的人与人之间

像一个卑微的生物

我直击那些带着人面的桃花

它们都有迷惘的眼睛

面对刺穿庸常的现代

就像面对旷古未有的风雪

从无边的西风，或蛮荒之中

那些风雪，跋涉千里

然后骤然生长，风靡一时

2018-04-10

近 山

从此，就可以时常见到植物

多么好，看见了它们

就像是得到回归

它们的死亡

看起来像是一个小小的问题

但我却为此惧怕被询问年龄

"生和死同在其潮湿的黑暗中，

静和动本是同一件事情。"

我觉得现在思考一个问题

还不是为时太晚

那就是——

哪里将是我们最终汇合的地方

（注：所引为奥克塔维奥·帕斯的诗句）

2015-05-09

化零为整

是的——

我们的所见皆有所限

我们的生活，由喧闹耗尽

在无法逆袭的长河里

我们只是一个短暂的事物

因此，不妨化零为整

热爱上完整的观察视角

尽管有时会感到精疲力竭

但那最终溃败的，将不再是

一个个单一的孤独

2015-05-09

大清早

何处清风吹晓幕

一大早起来

我清理我泛黄的牙齿

就像是在清理一颗颗墓碑

它们耸立在那里

已经有很多个年头

对于它们能否始终保持清白

我已经确信——不能

但对于它们的不朽

我可以一直坚信不疑

因为它们的存在

从不求救于刀刻的文字

2015-05-09

杳无音信

在漫天的星辰监视之下

它们已经到达了我的中年

说实在的，对于即将

发生的任何一种破壁而出

我都已经接近无限哀伤

我试着发出更多的声音

并试图发掘出更多鱼类的价值

然后将它们风干

找出长寿的奥义所在

但它们始终杳无音信

时光钻燧取火

焚烧起即将朽腐的剩骨

我们的败北，风尘仆仆

2015-05-09

大风天

大风刚吹走内心的孤独

我突然就想到空虚

此刻，我们和真实聚集在一起

正往生活的低处走

流水始终缠绕着江山

而老酒却只剩最后的一壶

这是一个大风天

无数的人早就蓄谋已久

其实我呢，并没有想太多

只不过是想有个机会

能够像白鹭一样

从荒凉的水田中猝然惊起

2015-05-09

温和的傍晚

这个时候的事物是宽容的

并且总是带着美好的危险性

如果我热衷于关心它们

就会密切注意一些石头的消失

以及某些种子的突然来临

因为它们正试图破坏彼此的秩序

并且改变生活的一部分

不过，像这样温和的傍晚

孤独注定要很快走到尽头

模糊的山峦，正在被无限制地深入

被遗忘的流水，也置身别处

我很想通过观察来了解这样的黄昏

凡目力所及，都不应当放过

比如某种黑色的鸟类，从不出人意料

它们时常带着欢乐与慷慨到来

但它们的离去，总是带着短暂的

虚幻性。因为此时的石头

常常发出迷人的声响，并且过不了

多久，这里还会生长出新的植物

2015-05-09

须 臾

你正抓紧时间远行

日光落在山的那一边

尘埃已经落下去了

而时间的暗伤仍在

无论错觉多么单薄

都选择与愚顽的命理相斗

哪怕是用另一种须臾

来对抗现世不变的呼啸

2015-05-31

排 遣

青岛啤酒就晃动在眼前
在它莹绿的周围
我看见很多活着的鬼

但聊斋里上演的情形很少
大家各怀鬼胎，各生疑云
各自木然地用道具遮羞
裙裾作为一种虚幻的竞技
报纸常成为知识的替身
更多的人昏昏欲睡
清醒的人，亦于事无补

难以想象，这遥远的列车
这逝水之上长途跋涉的列车
这无限循环和重复的列车
多少人深陷其中，不能自脱
啊！——

这人生的牢笼，固不可破

并且已早负盛名

2015-06-01

关 怀

饥饿的状态，让人变得最为实在
如果能够经受得住饥饿，那些
所谓的美丽、真理、伪命题，以及
可能性，等等，便都不在话下
说真的，我最关心的还是粮食的问题
对于饥饿，我真不知道
能够重复承受多少次，有些体验
是不能够通过长久的积淀来衡量的

2015-06-06

不妥协

似乎总有永不止息的悲欢，但味道
总会由浓变淡，坚固的东西也会发生
改变。比如牙齿，一吃甜的东西
就会变酸。也许每个人的牙齿
都有它们自己的宿命。好吃的东西
从此你就只能采取远观的方式
为什么会有这样的疾病？人生如此
漫长，它现在就开始助纣为虐。
是衰老来得太快，还是呼吸需要调整？
可无论如何，某一个人的节奏都不应该
成为一种范式。但是苦果已经来了
最需要的还是解决矛盾。不设想
会有奇迹出现，只能压抑欲望
向机械的人生投降。你看，人生这么
无趣。但还不能跟它太较真，因为
被恩赐的我们，有一定的时间长度。
然而总有些事情还是应该忠实于内心

159 即使不能做到理想与现实的平衡，

　　——也要对得起满是伤痕的肉身

2015-06-06

人民医院

在人民医院里，有很多看病的人。

他们在问询、排队、挂号或者等待；

他们在检查、抽血、手术或者等待；

他们在病情恶化或者转危为安或者等待。

一种等待，让人转而想到皮肉之苦；

一种等待，昏沉沉的，让人发呆。

坐在人民医院里，等待一张体检报告单。

无趣得很，在此我试图妄揣天机。

说什么"生机在左，死亡在右"。

说什么"很多人处在艰难的夹缝当中，

一切都没有商量或选择的余地"。

我同样想到荀子说的"制天命而用之"，

其实想什么和说什么都无济于事。

如庄子所言，不过就是些野马与尘埃。

——但人民医院里确实有很多人民。

2015-06-09

清风寨

如果曾失足落进水浒

你也许记得清风寨的大名

但那些尔虞我诈、刀光剑影

与这座山寨的名字

一点也不相称

清风寨于我，就如白驹过隙

我所在乎的只是它的名字

在烈日炎炎的盛夏

你可以尽情地想象

那山上的风，一定清澈无比

那山上一定有一座山寨

有一朵花，保持着

清醒的头脑，并且

能够听得懂风的言语

2015-06-11

鬼 话

当我们沉醉于鬼话

隐匿的第三条河流便出现了

如果头脑清醒

你依然安于睡眠

那么，小小的伎俩

便如同哀伤

鲤鱼门不过是行进中的一站

而夜色恒常

除了温暖与微凉的交替

还掺杂着一些深爱者的慌张

今晚，貌似我一直在等待

鬼话的完结

其实我是在等待另一种真实

时间对于有限的事物

始终都带着一种挑衅的味道

而我们恰恰——

欢喜于所谓的闲情逸致

2015-12-13

参照物

参照高，你将得到低。

参照东，你将得到西。

参照存在，你将得到消失。

参照虚构，你将得到现实。

而参照生，你将得到死。

参照死，你将得到不死。

说实在的，我很想找到一个

永恒的参照物。至今也没有找出。

如果这约定俗成的"平庸"是一个

巨大的隐喻。那么权且参照"子时"吧。

如此，每个人都将在平庸中得到轮回。

2014-02-25

较 量

群山再次谢幕。对着地老天荒我深深鞠躬

与度日如年较量，我们把时光较量成一日三秋

与朝三暮四较量，我们把信念较量成海誓山盟

有多少事物，已从它们有生的界限中消失

而时光掘好了陷阱。我们只渴望正常醒来

2014-02-11

默 契

生活的琐碎中到处都充满了艺术

有时候，最默契的事情就在身边

不沉湎于交谈

我们一同走在每天必走的小径上

周围的冬青上洒满了露水

真是一个难忘的时刻

望着同样的场景

我们在一瞬间说出了同样的话

2014-04-04

清　明

清明顺着暮雨来。薄薄的春光

一瞬间被剪裁成无数凄凉的碎片

多少眼泪成诗，升向天际

那些湿漉漉的存在逃避了界限

无限制地纠缠在一起

这是一个无法掌控的情感大集合

亲人们都沿着同一条大道来

他们在一个叫作墓碑的地方幽会

2014-04-05

交 谈

即将入睡

我突然陷入一场虚拟的交谈

先虚拟好一个对象

再虚拟好一个自己

你一言，我一语

那么亲切，那么真实

"你是从哪里来的老朋友？"

他们都仿佛在梦境里见过自己

2014-04-28

沙上书

只剩下大浪的边角

只留下月光的清白

只看见沙漏已经停止

狂沙无边

向时光的更深处掩埋

2014-05-02

温暖的光

如今，彤云迸飞了

有恐惧从暮霭中传来

我仿佛看到满世界的人

都飘浮在空中

暴风雨，为一场

巨大的葬礼做好了安排

我知道是时候了

有一种力量必将回归

任多么荒诞的力量也无法挡阻

焚烧吧，焚烧啊

将荒凉和苍老从主宰中赶出

焚烧啊，焚烧吧

将恐惧和悲伤从死亡中赶出

此刻，我战栗于遗忘的谷底

擎着一束火把的光明

它的光，微弱而又温暖

坚定，但也有惊恐

不过还好，我看到漫天的丧礼

正逐渐退去

我似乎为自己写下一篇

不朽的神话

其实，我更倾向于

它是一则完美的寓言体故事

否则，我便是杀人凶手

或者不折不扣的幻想主义

2014-05-18

片 刻

常常觉得自己曾现身于某个熟悉的场景

在那里我们曾经见到过某个人

在那里我们曾经找寻过某个人

在那里我们曾经送别过某个人

我们的一生时时都在似曾相识的镜中上演

此刻，我蹲坐于马桶之上

遥远的蝉声仿佛从故乡传来

不需要为此多说什么

哪怕类似的幻觉都是虚妄

我也觉得镜中的景象才是真实

2014-05-22

沉 默

林梢滴下青青的雨露

我一如往常

枕着青春沉入梦乡

从晴朗的草地

一直哭到聪颖的月亮

那些神神秘秘的初见与重逢

多少让我觉得有些可怜

有一颗心正慢慢熄灭

而零落的青春史正在升腾——

沉默吧，沉默吧！

我并非无话可说

2010-09-30

把一个女人的名字念到天长地久

你要我把一个女人的名字

念到天长地久

直到坟墓上开满

她名字一样的花朵

那些花朵，流经日月

流经遥远的海誓山盟

流经一树梨花

一条冰封的河流

然后，从冬天的雪山翻过

你说，你不需要墓碑

不需要花圈，不需要酒醑

你要让漫山遍野的杜鹃花

竖起，让野山葵竖起

让这山泽，成为你死后

耀眼的一面旗

但却不留任何名姓

2007-09-03

竖起羽毛的鸟

海风吻着海浪

海浪吻着沙滩

沙滩延伸着一座城市的荒凉

一只竖起羽毛的鸟

在高楼之上拼命迎接闪电

光环，刹那间就照亮了大海

一个裸体的女人

在一个裸体男人的怀中死去

2007-07-30

第四辑　幽居与春风

幽居三叠

微雨夜来过，不知春草生。

——韦应物

1

并非忙于隔绝世界，而是于安静中找寻歉意

幽居一月，一直源于一个无法推导的谜

这后遗症带来四面楚歌，也曾有人喊出杀机

是时候表现一个人的立场了。但谈何容易

混乱之中满是泛滥的口水，高明之士

想着正本清源，为一团乱象搜索重生的机遇

这些都无法明确反对，或者举双手赞成

追逐什么样的价值观才是关键。是迷惑，

还是奉为神明，铸造楷模？是气候异常，

还是天公有意不作美？这里面虽难说有什么

高深的哲学，但无知无畏的某些人的作为

仍然让人生生出情感的凉意。很显然，意念的

偏离让一些宗旨失去了本来的风貌与初衷

不过可以使人略加快慰的是，自救和诘问的
力量迅速生长，就像赈济的驰援马不停蹄
这已然昭示出某些清醒的意义。摆脱纠结
或者纠缠，也许是一种思路。不然，恐惧于
床榻之祸，始终带有晦暗的色彩和意味
让人捉摸不定，酿出令人满腹狐疑的棋局

2

另外一种反馈，则可以从豢养的鹦鹉开始
旧年的养分早已备足，不过空欢喜的是
鸟已被隔离。有时候不能望见，或徒闻一种
声音，更易增加中年的杂感。这不仅仅是
鸟的问题，从境遇上看，这是物类共通的
囚笼，远离了自足的山水，失去孤傲的意识
在困守中堕落，或者空有翻山越岭的欲求
只是这一切都是未知的。百无聊赖的情绪
与尖锐、恐慌的消息重叠在一起，扑朔迷离
即使有放纵的雄心，也无法打破人为的屏障
更为揪心的是，每一个人的内心都有一个
无可名状的黑洞。抽象的意念，簌簌作响

然而你无法转移或者屏蔽它，它是你身体中

涌动的血脉之一，无限延伸并且困扰自己

此时，喜好与厌恶什么事物都已无所谓了

只有这些扩张的阴影在沸腾，使人倍感疲劳

加以提前侵入的网络攻击，夜晚与白昼不再

更替，身体始终停留在同一所庄园。为此，

莫名的挫败感从此奔袭而来，命途着实堪忧

3

那么如何从诡谲迷宫中突围？如何不再迷恋

纷繁时局，及其所释放出的各种迷雾烟云？

春光转瞬即逝。不妨把握星辰的方向，留意

看得见的事物，专注一隅中的学问，就像先生

所陈述的西哲那样，成就一个瘦弱的身影

更重要的是，在繁华加深的节候谋见如花的

心境——开落自如，将缓慢的忧郁实行宵禁

透过日常的行为，在远观和静省中看见自己

尊重寒意与凉意，尊重诅咒和谩骂，摒弃猜疑

和隐喻，摒弃激愤与怪异，看零星的正义照亮

无序的秩序，看遮掩的门中折射出理性依据

清除壁垒，造一方温润宁静的山水来对付假象

当然，未必全都是自欺欺人。有时候躲开面纱

也能看见隐藏的真实。假如你真以为此种方法

乃严实的唯心主义，或者说多少还是显得可疑

那么亦不必强求，是人生观造成了这种差距

就连皇帝身边的卫士到最后都摆脱了外物牵累

追逐闲居的心情。即使鄙薄尘世尊荣又怎样呢

当一夜细雨来过，春草照旧在不知不觉中还生

2020-02-25

春风三叠

春风如贵客，一到便繁华。

——袁枚

1

不难想象，这其中有"变形"的力量。

模糊而神秘，如宫闱密室中的仙人。

但听到了什么？并无任何具体的情事。

也算是常见的过客。每经过一次叹息

就有一次轮回。当然也可以认为，

是针锋相对的机缘。无缘无故之中

彼此隐藏了相互聆听的"亲密性"。

我喜欢你的支离破碎和飘忽不定。

我总是看见你不俗的身手，有蓬勃的

连续性。我总是看见你吹出颠倒了

戎装的"香艳世界"。诗人们随时

都在发掘着和你之间的浪漫关系。

美丽的对应，并不繁缛，亦不晦涩。

然而一旦寻求，便很快避而不见。

我在你和万物的游戏中反思着自己。

当深山夜雨来临，我的绿意是否已深？

我将如何消歇？当你开始殷勤地放纵。

藏钩的意愿可以有。只是这春酒的

暖意如何理解？又如何巧妙地送达？

2

"宴饮"转瞬即逝。残留的，是遗迹？

还是空白？并不能找到确切的解释。

但仍然有一种统一的完美。你为春天

做着迷人的笺注。诗人们借助你的

语境，补出自己的想象。无从断定这

是不是一种虚美，充满了从此皆休的

危险。就像酩酊大醉可以深具魅力，

也可以是可笑的，或者令人烦躁的。

然而，它们都需要旁观者作出回应。

最让人不堪的是，掩藏着真意的答案

常常汩汩而来。它们压抑了欲望，

连羽客也无法靠近"本色"的源头。

羽客本来是"博学"的，它遍采诸家。

有攀援可逾的经验。但最大的优点是

它始终与春天保持着未卜先知的关系。

迷离惝恍，宛若游丝，弥漫在特定的

时空，从边缘醒来，脱离了低级趣味。

然后盘马弯弓。娱乐。互惠。没有

截然的分野，胜似个快意潦倒的幕宾。

3

忠实于你的，必然会猜测你的"来路"。

也许光风霁月是一个缘起；柔嫩的柳枝

是一个缘起。但到底是影响，是唤醒？

我孤独地远眺人寰，而你就荡在隔壁。

还是思量一下逍遥之谜吧！神秘的诱饵，

正是春风吹来的。无论潜藏着什么样的

动机，抓住横断面，不怕可能的误解。

就像暗香冉至，抵挡终究是瓦匠作风。

投入则意味深长。投入是知音的做法。

投入是瓦解晦涩的过程。如果你执着于

神仙的体态，执着于御风而行，那么

请以春风为参照的世界。春风与逍遥
互为映照。它们都致力于以飘忽来赢得
永恒。以内在的飘忽割舍外物的束手。
这是一种决臆的驰骋。然而有时亦带来
失意，或者羞辱。这其中充斥的无奈，
和多年来秋天的"苦吟"有关，同时也
牵连着帝都的雨水。可以想象，与龌龊
断裂是一种梦想，更是他者效法的典范。

2018-03-07

春思三叠

1

有远离尘嚣的欲望。湖水即将脱离出肉体

而此刻，孤零零的美是一种深刻的存在

我贪恋这精巧的黄昏，野凫偶尔流窜于水面

是它风景中的一个极致。然而，我很难理解

在这样的场景之中，我们是怎样一种关系

血桐已苍老得不能够再做出任何让人揪心的

牺牲。然而在昏暗之中我们的关联仍然赓续

我沉浸于这种意义的反转。探讨这种

惬意，需要一种精神，乃至于摧毁的勇气

出于近水楼台的缘故。我的频繁造访也许

构成一种亏欠。我看到湖水青铜般的光芒

那幽深之中带着隐秘的错乱。对于主动的

垂钓者，"乐土"也许是一个世俗的形容

然而开场与收场都是快活的。他们以此

来衡量自身。然而这种卑微的意愿合乎情理

重要的是什么得到了放逐。此时的我，分身

成为一个放纵的人。但很难澄清一个事实：
这究竟是对时日的荒废，还是餍足厌倦之后
另一种形式的无聊，抑或自欺欺人的偏嗜？

2
我喜欢水石榕花瓣边缘上那些漂亮的流苏
前提是此前所有审美的冒险，都猛然断裂
否则羊蹄甲的花冠不会被我认知得这么透彻
羞耻于与响亮的事物合谋，我们大多数人
都选择了顺从。不可否认，这种精神的交媾
无关乎邪恶与良善，也无暧昧不清的隐忍
然而终究不是一种严肃的意志。就像朱槿
虽也无关乎美德，然而其蔓延的形式带来了
向内的愉悦。这是一种带有垂青意义的
欣然，我们放任了那些最深层的无根的意念
被遮蔽的事物，被束缚在阴森的自我之中
乃是精神最强烈的苦难。它们期待觉醒
期待救赎的力量，期待火焰木的花朵化身为
羽翼丰满的爱，期待微小与博大的同情
然而依然有偏执地寻求隐匿者。它们向着

不可揣测的深渊张望，规避了美丽的肉体
包藏起求下的意志，它们渴望尘世的逃脱
"他们作为有教养者在梦想一片荒野"，
"每个精神都有它的声音，都爱它的声音"。

3
在疏阔之地。总是意想到恩典，而非倾泻
鉴于终日链条性的渗透，我深知，这种反省
并不是偶然的。只是要想洞见此中真意
尚需奇迹性的努力。不过，十分幸运的是
不远的加纳利海枣可以提供意料之外的折返
它羽状的复叶像生疏而前所未闻的异乡感
贞洁、无利害，然而又令人无法消除激昂欲念
它的浆果亦流荡出音乐的仪式，与其对峙
常常让我超越启示性的樊篱。我静观那些
人为的高蹈，空气稀薄，而刺痛却更胜一筹
刺痛想来是黄褐色的，无法摆脱日光纠缠
我愿在祛除刺痛的静修中，通向愚钝之路
学三药槟榔，以翠竹的姿态，有自由的眼界
学毛果杜英，有塔的分明，没有阴霾障碍

没有敌意的扰乱，也远离"小小的不朽"　　　

去掉毛骨悚然，去掉它所带来的率意累赘

为自己上解脱的课，为世界剥落揆隔的外衣

暗中唤醒遥遥无期的转换，禁止酷刑强暴

习惯逼迫的力量及其所反弹出的高尚墓志铭

2018-03-01

新春三叠

1

新春被局限在伟大传统的甬道中——

如果它非常安静。不被爆竹之声打乱

某些"力量",也许就要了无尊严

然而,一些幽灵总是附着惯性而来

就像是日常的植入,不存在任何预兆

我们可以想象一下,这其中的颓败

种族的繁衍,始终处于精确的复制状态

几乎没有人可以打破这一恶性循环

历史总是充满了焦虑。谬种流传,对于

一个想革新气象的人来说是一种挑战

意志与表象相互难堪。对于那些身处

普遍危险中的人,我们总是心存感激

因为"文明的"世界,无法删繁就简

就像"春日多采撷",留下的信息

暧昧不清。这种相互抵牾的论调,一定

是只有与诗人才能遇合的大方。初春

是不应该受到怀疑的，尽管它带来的
种种迹象，过于杂乱。或许借助宇宙的
圆满，我们可以理解"衰落"的意义。

2

捉妖是新春首日的最后一部"石头记"
就着麦茶，烟火已接近滴漏最后的刻度
我注意到路标的孤独感。没有任何
欲望的刺激。只有违禁的快活在冒犯
龙颜。这是深夜归来的秘密。而最
取悦于人的是，心怀嫉妒者被矫正为
全民公敌。为此，投入是不是纯粹的
就显得非常关键。它意味着一个人的
温度是否被埋没。这是南方的春日
提防套中人已无必要。但值得玩味的是
春天有没有将自己完成？如果不能够
找到确切的例证，愈好的炫耀，愈将是
一场羞辱。对于任何人，逼视反面的
自己都将是艰难的，更何况要与春日的
历史达成谅解。沉浸于表演中，乃是

人类的常态。春光不存在被怀疑的理由
但荧惑中的讽刺就在那里。巨大的孔洞
只不过提供洞穿的契机。大家最心仪的
仍然是各安其位，各得其所，各取所需

3

理解春日，要从理解春天的晦涩开始
但不是发觉生机，而是超越唐人的苦吟
以及参透"等闲识得东风面"的普遍性
有时我们混淆春天的技巧，以它的妩媚
然而春天有时候是故意引而不发的
她以意深取胜，渴望逾越情侣的界限
但为了应付时间的杀戮，她也不惜
攀附情人的牢狱之灾。不得不承认
在围绕春天展开的叙述上，我们还处于
浅显的境遇中，瓦解偏锋性的流溢
过于紧张。要推究是什么导致了戏剧化
的行为。温和的叛变来自于哪里？
我们都是春天的在场者，躺在模糊的
春风中，酩酊大醉。甚至比历史学家

做得更精致，更有想象力，更有款待

丑恶的嫌疑。春日的确是可以兑换些

暗香、疏影的。只不过匠心过于频繁了

失意也就在所难免。耽溺是值得祛除的

精神远游的癖好，往往充满孤绝的危险

2018-02-17

生态园三叠

1

见证王棕与体育星群的奇怪混合

并不见得有何讶异。无非是利益的

链条，再次进行了神奇的嫁接

高空中机翼掠过，儿童认真地惊叹

为一种伟大。他不明白身处的

这片土地上，生态只是一个瞬间

孔雀与鸽子同居，很难说明白

谁比谁更孤独，谁比谁更顾影自怜

而更有甚者，多处巢穴已经骨折

一大半空巢中的生态不知去向

只有铁皮凝成的牛马伪装着草地

惟肖的几只羊儿使人想起小羊肖恩

这是立春后的南方。是否应该

满足于某种秩序的建立？植物都是

鲜活的。而惹人喜欢的动物，都

需要招摇，人为的世界是可憎的呀

这些个面目全非的真实，蒙蔽着

"无知"的众生，还有那些心地

纯良的人，以及心地并不纯良的人

2

但必须回到最真实的镜中来。我们的

亲人正摆荡在木棉花点缀下的秋千上

邻近传来的犬吠失去了它应有的意义

零星的白云浮在无名之山的虬枝上

我突然惊喜于这一轻盈的发现

因为它足以帮我摆脱语言的困局

的确如此——陶醉于缥缈之物的人

不见得一定不关心人类。一如那

踽踽独行的人，内心不一定寒冷异常

其实，回过身心以洞察尘世，我们

并不具备完全逍遥的本领。或许仅仅

可以把"渐入佳境"看作是一种修辞

每一次争鸣，都充满俗不可耐的禅意

精神恍惚至此，我似乎更加坚定了

这一点。不信你看。苦修理想也许

正意味着倒退。而童心是无法蒙尘的
在春天的阴面与阳面，温度的差异
如此之大。那些有缺陷的完美，以及
琐碎的圣洁，通过证伪未必可以开花

3

终于，黄昏又要莅临。湖水平静得
像一张疲惫不堪的脸。谁可以把
躯壳就地掩埋？这里是生态系统
名义上严谨的场所。射箭的人总是
中不了欲望的靶心。其实很容易判断
这是技术上的原因。然而一次性
排除掉所有的偶然性也令人费解
切磋琢磨不存在于任何场合。就像
风铃，并非总是呼唤风的吹嘘
就像堂前燕子并非始终依赖王谢
筑巢。我们的每一次出现都是暂时的
我们只是寄居于这里。理想的修辞是
经不起回顾的。但人生的阴晴雨雪
或许也存在圆融之道。独可怜樱花

和摩天轮只能带来一种慰安。两次

经过同一座濠梁，可以算作是人生的

一次往返吗？但如此没有深度的简化

令我一时倍感耻辱。倒是最后慷慨的

赠送，让我又见证了人世仍存的良善

2018-02-13

新城三叠

1

面对着艺立方呈现的技艺

很难再探讨艺术的本质

尤其是遥看近却无的时刻

直击不到疯癫的迹象

天才已经被逼于黄昏自尽了

如此一来，午后还有什么

值得幻想？没有哀伤的风景

袭来，就是新春最好的礼物

不过，在新城不能这么看

纷乱的乐章超出了三叠之外

就像瓷器的骨感，暗示着

雪花飘零。优质的纯棉

暗示着牺牲。我回到生活

回到世界本身。一条语言的

道路，因思而变。语言

迷失了时间。语言风生水起

语言化成万物。La Chapelle 的

位置刚刚好，回转的角度

某个人正在寻找思想的渡口

2

坦荡地面对一场乱象的侵入

是艰难的。像一场并不合法

的辨认，我们的纠缠也是

无效的。然而，有人饶有兴致

将掠影等同于梦寻。这是

意念力的曲折，并无离奇

之处。给苦涩一些美好的

滋味，大多数人都是这样

失身于精神的阿Q的。儿童

游戏得正欢，没有妨碍

店铺里的客人，聊胜于无

没有妨碍。汤河粉是否真正

来自于越南，也没有妨碍

反倒是我绕城三匝，忽略了

水分的分量。这个妨碍着实

不小。不过,我仍然觊觎

那些闪光的力量。一如

潦草的纸马,伫立于新城

惊艳的颜色,一如既往的好

3

在万象中巡游,目迷五色

视觉的疲软导致了败北的滋味

精神好似误入——纯棉时代

我的内心一时恍惚。视野

向往起繁复的山水,同时

寄望于做一个柳暗花明的人

柳暗花明让我开始像讨逆

一样,厌恶伪装的世外桃源

而醉心于顺德佬的清晖小苑

香豆滑操纵着整个心旷神怡

锡纸焗鹅掌亦抵消了年关临近

噫!讲究什么客套的仪式感

只有悲欢离合才是存在的大道

至于如何做一个有想法的人

许多人思前想后，也没有深刻的

理解。而我从生理的角度考虑：

有想法的人，不必明白拉夏贝尔

是什么品牌。有想法的人——

无非就是，多关注点食欲的革命

（注：艺立方，一家对传统予以创新的文化品牌。）

2018-02-12

雨水三叠

1

眨眼之间。鸿雁来。乐园苏醒。

雨水滋生的世界，如此惊喜。

南方的植物，开着令人想入非非的花。

我闭上眼睛，像含羞草遇到外在的触摸。

我们的根在黑暗中萌动。

吮着关乎死亡的馈赠，我也仿佛

逃出阴影。春寒被一阵好风带走。

于是，我开始宣布占领春天。

尽管这自欺欺人是一种梦想。颠倒了现实。

然而这春光是真实的。我请求支援。

2

"正月中，天一生水。"

春天是属于草木的，悬想着生死存亡。

不妨把自己想象成一株圆叶牵牛。

感慨生命的向善，就如攀缘一般。阳光灿烂

是最引人遐想的觊觎。而弱小的雨水，

感动着我们。是它唤醒了春风十里，

并且从不失手，没有中风和失眠的危险。

我喜欢触摸雨水之中那些柔软的事物，

就如我本能地防御意想不到的敌人。

没有任何理由。然而这其中最大的不同是，

我们的触摸是默契的。就像音符——

振动，我便意欲凌风，捕猎飞翔的技巧。

3

当然，雨水也牵连着看似费解的情事。

破译它们的，仍然是生以及生生之乐的欲望。

我向来不喜蜂蜜。然而大枣、山药、银耳

却常入食谱中来。借由雨水的"惊奇"，

我开始相信，它们一定有抵抗的力量。

同样借由雨水，藤蔓和红带令人青眼相加。

这是隐喻的石头。颠簸着敏锐的生机。

就如古老的裸子植物和油橄榄，喜欢风。

闷热的仙人掌，喜欢夜晚，期待蝙蝠。

是的。还有什么可以拿来与生相提并论呢?

就连青豆都懂得:"敌人的敌人是朋友。"

2018-03-13

夜深三叠

1

与咖啡相依为命

听窗外淅淅沥沥的雨声

那是晦暗中的春光

失掉了颜色

却更加接近旷野的真实

谁是这夜深中的幸存者

连孤独，都沉浸在了

冗长的孤独里

2

春雨如酒是最好的礼物

忆长安，忆行路难

忆年近不惑

换来的身不由己

这是自寻短见的岭南

一次次坐看水穷云起

没来由

没来由我访问了你暴风雨般的简史

为此，骨骼里涨满了退隐的诗

3

夜半。锦鲤争着上岸

那个救人一命胜造七级浮屠的人走了

你对着无法挽回的光阴感恩

心地荒凉

眼见着叛逆的群芳一个个老去

只能假装没有来过

所有的良辰美景都是虚设

痛呀，痛呀

那个在战栗中战栗的你

那个风风火火脚踩着大地失眠的你

那个一觉醒来毕毕剥剥燃烧的你

那个无须占卜已确定了命运的你

那个无法摆脱日落即带来贫乏的你

此刻，正手持一炷火炬

对着大海说："鲛人即相思。"

2018-03-17

没来由三叠

1

日光近黄昏。一点也没有枯萎的意味。

半路上。我意绪纷纷。

没来由的是风紧跟着纷纷位移。

没有一点商量的余地。

半路上。有人说，

嘿！杜鹃。你是一只多情的鸟。

显然，言说者是心中有意了。

而我难会这神秘的声音。

我的无聊，是学会了只与蝴蝶梦一道。

我不想沾染那些闪光的东西。

然而，我的单调亦一言难尽。

2

看呀！路上的鼓手狂野。

在颜色与气味的自由里，他沉溺。

寂静助纣为虐。

帮助他完成毫无意义的诅咒。

呵！为何要制造这样污水似的喧嚣。

是否与窒息厮混太久?

在独语的城堡中，颠倒了梦想。

没来由。

但我起誓：今天的夕照，正是珊瑚的颜色。

我们之间只有非常微弱的距离。

3

是的。仅仅是微弱的距离。

但忍耐缢死了夏天，还有她炎热的花瓣。

嘿！看呀！

这没来由的搅拌，是多么的与众不同。

就像是大风刮着天上的星宿。

就像是无意义，重复着荒诞和心绞痛。

就像是一阵微风，与水做的骨肉纠缠不清。

就像是无迹可寻，那些短暂的实证。

就像是白云静止，水边飞红。

就像是我行走在初夏这没有来由的焦灼中。

2018-05-22

溪湖三叠

1

晚八点的药茶刚刚好。

漫天的云霞也铺得漫天好。

音乐带来天空与湖水的约会。

风吹得凉凉的。

呼吸急促一点。

我还能赶上昙花的开放。

而最让人艳羡的是，

夜灯和谈情说爱者共同倒映于水中，

像极了古典的爱情。

这夜晚

绝对经得起浪漫主义的检验。

这些有情的人哪，真让人嫉妒。

2

只是，情感还没有抒发好，

旅途的劳顿就开始了。

但我仍然恋战，

那些摇摆不定的事物间的美好关系。

那些顽固的尺寸，

以及有长久想法的鸟意思，

都应该统统死去。

你看，

夜晚的风多么好。

那些震颤的月光多么好。

我们捕风捉影，

就像是在寻找另一个虚化的自己。

3

有时候，我们把自己种在大海边，

等着海浪把细沙一样的我们收回。

而夜色微阑。

必经的桥梁，与不合时宜的场所暗合。

虚化的春天仍然有一副好客的好架势。

于是，我们与春天一起嬉戏。

有的人醉了。

有的人畏惧狂欢的嘉年华酒会。

让这虚与委蛇的应付都毁灭掉吧。

此刻，凝视着剧烈的霓虹跳动。

我喊出了从溪湖出发。

而暗夜的协奏曲，没有终止。

2018-12-11

德哈尔古堡叙事

并非可知的命运提醒，他们才来到这里

是最美好的夜晚表示了感慨，然后消失

桉树夹道，无边的幽暗很快消融一声叹息

是午后的宁静致以更深的高远，预言

失去了应验，护城河水倒退回未知的领地

为此，不需要做最精密的植物学辨别

红与白本来就是醒目的，并且带来了

有关于"红镇"命名的话题。何为永恒?

当人群迷失在秘密的花园里。她们都是

陌生人或小情人。羽化登仙，或归于水云

在明亮的世界里，在想象的"怪兽"中

而平铺的吊桥上，公爵垂垂老矣。只是

塔尖并非孤独的梦境映照，雕像重现

江湖的风景。在有限的细沙中，我们要抓住

活着的那一粒。那是古堡的心脏，是温柔的

公爵夫人的那一粒。即便是有所误会

也不必诧异，梦境总是有它自己的深度

梦境无边无际，所有的历史都可以躺进去

2019-08-21

风车村叙事

顺利抵达时，秋日的壮年便凌空而来

云朵像羽毛，飘荡在蔚蓝色的摇篮里

他们在睡梦中，遭遇一个新世界的开始

木鞋们在奔跑，或者正从机器里诞生

有力的风带着十四五世纪的逻辑

好事者企图弄明白这其中的所以然

机巧的眼神滑动着，最后陷入郁金香的宇宙

这是一个令人惊喜的世界，在其体系里

我们都难逃一"劫"。花的海洋，奶酪陷阱

以及风车的旧窠，构成另外意义上的通道

"自恋者"和风景恋者，改头换面

桑斯安斯河上到处流动着浓郁的表情包

如果用不同的眼光看它，具体的时间

会化作伪装的隐喻。有时候，它们就在

湖水的倒影里建立起来。与露骨的权杖

相比，转动的风车可以有更多的羽翼
而我寄望于做个旁观者，觉醒这只是一个
场域，而并非认识风车之国的不二法门

为此便可以抽身，更多地去沉浸于牧场
以及草场上萨福克羊和黑鼻羊的啃食
如果白火鸡同来，那奇妙的相会便呈现
于蓝与绿交织的世界。现实成为路人
安静与孤独，成为切肤而又深入的美

这清风吹拂的地界，这阳光普照的山水
多少人愿意栖身于此做一个制鞋的匠人
或者由此打开时间的密匣，与天鹅在
水上共舞，淡忘群星灿烂、日居月诸
胜过"番石榴飘香"以及"两百年的孤独"

2019-08-21

阿姆斯特丹叙事

环线上的船屋，与游动的船只共用一个
水做的心脏。它们和我们互为镜像
沿着流脉，浪漫于皇帝、王子和绅士之间
流浪的艺术家，摒弃了独来独往
横坐船头，琴弦里的音符一次次跃入河中
这水上有无以言表的乐趣，深情款款
客游者与典雅的脸孔，共赴邀约的旅程

不得不承认，人类的确有一双贪婪的眼睛
古老的建筑从历史里一走出，我们就
喜欢上了它金黄或者粉红的面容，以至于
将想入非非瞄准了巷中秘境。其实我们应该
有澄明的意念。就如饮酒或啜咖啡的人士
静坐于岸边，灌溉着运河风光，没有任何
诱惑的成分，成为古老城市闲适风情的表率
他们就是岸边的风景，不近也不远

其实也唯有如此才能领略尖顶精致的相逢

把与每一座皇宫的邂逅，当作美好的遇见

无所事事地在篷船里翻检连绵不断的虚掩

或者与友人稳坐一隅，猜测男女唇釉的暗恋

过瘾之时，还可以就着喜力回味尘世的梦想

将肉身托付于一个一百五十余年的酝酿

还有那永不偏离航线的绿色巨舫，化鹏的欲望

插上鲸鱼唯美的翅膀。然而，这些都不应是

此行所该想到的。古老的内核，忽然喷涌

你无法想象，整个世界的海水都亲昵起来了

我们被蔚蓝的色情淡化。孤独终老于

遥远的大西洋。而这一切那么纯净

没有虚妄的念想来自晦暗的宇宙。它们都

保持着潮湿的距离。失语成为难解的症候

如果不是因为有无限的界限造就一种出现

如果不是水势恢宏升腾出时间的花园

我们怎可能如此无可挑剔地爱着？是的

是美呀！是美，暴露了一个焦虑的东方

代尔夫特叙事

可以确认。在这里，走进水即是走进了

它的历史。当然，走进火也是

这里有诡诈的秘密。有人看见了

啤酒与花海，有人看见了精致的纺织

如果只是混迹于风景，这些就显得举轻若重

而如果想闻见东方与西方的位移

你就可以看见运河上游走的青花瓷

这是一种无法还原的遗痕

它已成为恍惚的一部分。然而仍可以想象

和猜测，绕道好旺角的殖民，曾是一座城

潜在的"灵魂"，虽然无法证验

有一种距离，横亘在想象和历史的真实之间

然而也并非不朽的悲哀，在尖塔的地窖里

我们可以重绘惊人的画面

被刺的人，说不清与何事有秘密的关联

然而却并不影响他被世人讨论

并且陷入迂深的幽冥怪谈

尤其是当我们从地下盘桓着登上天空

窒息的气味，布满了逼仄的牢笼

再从高空返回高迥的庭堂当中

那些沉睡的王室幽灵，或老或少，或男或女

在各自的洞穴里被安放完好，然后命名

而这一切都是永恒的吗？

宗教的力量，或者神的力量，来自哪里？

不过是权杖和十字的象征联姻

不过是在正义之外重建一种晦暗不明的秩序

没有人会庆幸得到了思想的慰安

从地窟出来，大家仍要站到衰败面前

连绵的钟声和江山，都是一种美丽的错觉

不断地重复或者延伸，并非历史的意义

我们只能朝着尘世的方向走——

2019-08-25

比伦叙事

如果教堂和古老的城堡不变——
当我们的车子驶进比伦城的那一刻
故事再次恢复美丽的"新编"
它将带来什么？它将如何呈现？
而历史暗示我，这将是场迷人的猜测

就着好奇心，时间一点点蹉跎
我们喜欢 Professor 的脸，以及那未被
安排好的一切。巴黎和布鲁塞尔
一瞬间就脱离出地图，横亘在眼前了
然而科尔尼河依然有最舒适的宏阔

是的。金叶银带曾试图融我入梦
炮筒远眺着城墙下的马匹和奶牛
我们从蓊郁婆娑的胡桃树夹道上走过
仿佛这一切都是虚构的。谁知道
这群人到底是如何靠近了比伦的魂魄

有时候只能透过风车，来瞧瞧这里的
世界了。它高大巍峨，猛然转过身来
睥睨过去的一切。而风却熄灭了
它无法评说，四百年前的那场婚礼
只能任石块铺成的道路通向蓝天一角

任皇家宪兵队博物馆越来越像 17 世纪的孤儿
任王室博物馆陈述辉煌的谱系及其重要人物
然而它穿越的尘埃毕竟太多了
一株盆栽的苹果树，矗立于小巷
红色的经典，瞬间还原了催眠的梦境

2019-08-16

埃因霍芬和乌特勒支叙事

无法登上凡·高的村庄和飞利浦大球场

我们只能在 VDL 的工业区里流浪

无法修改既定的剧情，有词语混入

耳朵的旷野，有不连续的声音一直在耳边吹

有面包、橙汁、牛奶和咖啡的布局

午餐简易，夹杂有胃肠蠕动的倦意

然而，我们是热爱现代工艺的学习者

知识的翅膀飞走，又在车间里来回游荡

正在穿越尘埃的尖刀，静止在锋利

第一次，我们看见了飞速旋转的筒铁

陷进一场无烟的硝烟。这里以技术为王

以此为生的人，将生命寄托在倾斜上

而时间如雪，秋日的午后正趋于饱满

强劲的日影追随奔驰的大巴癫狂

每一次，一抬头我们就看见新的方向

乌特勒支的一隅，逐渐被美食放大

寻觅的人潜行在异乡滋味的记取上

他们让牛排羊排恢复了与故国的对话

让特酿酒和异国的风情孕育出新的国度

我听到了静脉曲张的暴动。血管中

隐隐回荡着满足。我们要记住这口欲的

加冕。没有悲凉的气氛，愉悦空前

我们都能够认识自己吗？一路上看着

繁花折射自己的光。还有无形的水流

时间的后裔，暮色遥挂前方若荠的风车

意念侵入墙壁，橱窗里的花朵被夜晚抽离

2019-08-20

巴黎叙事

挥别布鲁塞尔的云，穿越橙与白的界限
法兰西帝国以一座城的气势倒向我们
它的身上，有秋日来临的气息
阴云笼罩着多年前的景象，一如今日
我亲眼所见，凯旋门中走过拿破仑的大军

我们偏爱想象，胜过星光四射的象征
香榭丽舍大街上刻满了自由、奢侈与雍容
而我们最偏爱它作为乐土——这极乐的世界
需要一个人受孕，在香水里散播孤独
并且像厌倦一样，至死不渝地热爱它们

是的。但有时候你不假思索地走向了反面
朝着一座塔，在细雨中看见几个攀援的身影
但他们既无战神雄姿，亦无"娘子"倩影
他们只是登台瞭望， 以实现诱惑作为法则
之一种，从来就不管有没有"劫后余生"

就连我们自己也疏于防范。在壮丽下化作
一瞥惊鸿。但我们爱呀，我们至死不渝地爱
但愈是爱它，就愈是要学会快活地转身
只有寻找到另外的风景，才可以破除执念
将塞纳河水的动荡，与"平庸"对等

让她回归女神之源，让巴黎圣母院的钟声
失眠。让西堤岛成为美丽的"祭坛"
让悲伤围绕着安静的围场盘桓。让与上帝
对话变得浮想联翩。让圣经成为木刻的偶然
让《汉谟拉比法典》回归黑色的玄武岩

让蒙娜丽莎重启笑靥。让断臂的维纳斯
停留在四处张望的瞬间。让维多利亚
再次拨弄起里拉的琴弦。有一种难以启齿
的尴尬。审美被推进古老的石缝间
我们都不愿意看见，我们都还没有醒来

被乘虚而入的神灵攫住了魂魄。我们

身染黄金的色彩，眼神盯住尖尖的塔尖

长夜用了最短的时间，完成一桩心事

我们用了短暂的时间，回到别人的故乡

彼此把"先人"掩埋，在遥远的古堡中

2019-08-21

羊角村叙事

初秋的雨，蒙蒙洒在羊角村
像爱情初识之地。一行人飘在凉风中
新意和美好不受控制，未加修整的
意念，力挽故国败北的审美狂澜

并不能预见什么，也不刻意隐忍
他们都是真实的，但意念停不下来
因此，注定要遭遇一场水湾的盛宴
远离世俗的眼光，留下风箱般的见证
就如，那匹在银边草包围的场地上
就餐的马，低着头，不惧惊扰
和爱人一道，在天空下，它们
仅垂涎无边的青草。无需羞赧的回报

断不断舍离，都要踏上这一段长路
一条有关于水、时间和风帆的路
并且应当庆幸，所有人都找到了一种

沉醉于梦幻世界的救赎。但始终是

无药可救。他们全部拜倒在绣球花

和乒乓菊的裙下。紫薇和小叶枸骨

开满午后的寂静。繁花鼎盛呀

繁花鼎盛。整个世界焕然一种呼吸

只有微雨红尘，落在空阔的湖心里

舷窗上唱着关于爱的一首首

火焰般的曲儿，短暂而又热烈

那相聚在湿漉漉的花丛中的人儿呀

多么高尚

他们共同流浪在一个繁花鼎盛的故乡！

2019-08-16

海牙叙事

日光偷偷降临，世界尚未醒来

窗牖里的万物，自在寤寐

他们从夜晚里翻身

借另一处南方的城市来接受未尽的考验

我们当然可以认为，这是一种相知

没有乌云袭来

只有锦绣般的彩霞从学府的上空走远

尽管这里的历史是陌生的

但有一种欲望，含苞欲放

他们愿意亲近这里的草木和子民

愿意从一个平静的殿堂走向另一个

愿意被异乡的声音收割，席卷优柔的智慧

愿意以湛蓝的苍穹换取错落的凝视

他们的眼光是清醒的

并且企图有一种永恒的改变

就像晨光中旋转的魔方

总是有啮合的力量，在灰暗的教堂里生长

在高大而光亮的市政厅里响动

在各种奇异的雕像里交谈

在 1899 年的院子里挥刀相向

当然，一种生活演变的轨迹也可以斟酌

比如大街上的咖啡和啤酒，安安静静

他们从院子里，一路穿过。忽略戴耳环的少女

而一些别的发生却在继续着

比如，他们看穿了某种运动的实质

看到了远方大海上飞来的相反的箭矢

看见了虚伪的梦想和塌陷的真理

看见了一些善良的人

他们渴望矛盾中有张力的那些阐释

反复于独一无二的辩论和乖张的志趣

然而这一切仿佛又是徒劳的

因为先于看见是一种根于智慧的虑计

因此，不妨摆脱政治的纠缠

看海中巨轮的甲板上飘荡混血的舞蹈

看希凡宁根创下划时代的关于大海的意义

这一次，他们不是一个人

所有的石头都是完整的

所有的光芒都汇集于此

他们走进了梦境的深处

与大海的蓝一起，溶进了天空的自由

（注：希凡宁根，荷兰一个著名的沙滩。）

2019-08-25

后　记

　　我的第一首新诗作于 1999 年。2019 年是我个人新诗创作 20 年的一个节点。说出这个节点，并非想强调它有什么纪念意义。我更多想表达的，其实是一种感慨。任何一件事情能够长时间地坚持下来都不容易，而写诗这件事，我居然坚持了 20 年，不能不说是一件值得称道的事。

　　本书中辑录的诗歌，主要是我 2014—2019 年之间的作品，而以 2014—2015 和 2018—2019 年的作品居多。为了编写这部诗集，我又回顾了一下个人写作的历程，翻出了个别年份的一些旧作，检视一番之后，觉得仍然有其价值所在，故而也将它们补入。古人今人多有"悔少作"之举，然而"少作"亦不尽然无所取，至少它呈现出了当时的一种心境，或者意念上的某些冲动。当然，所补充的这少量作品，都是前几部诗集中没有收录的。

从2005年我有意识地向诗歌这一文学艺术靠拢以来，对于它的探求和反思，似乎每过一个阶段就会出现一次。说实在的，我一直没有找到新诗创作的不二法门，有时候越写越觉得不知所从。但我从读书中悟出了一点道理，那就是：读古今中外优秀诗人的作品愈多，愈觉得每一位优秀诗人都有其独创性，每个优秀诗人的诗歌都带着独到的"面具"。新诗的写作就是要找到这种独创性，发现合适的"面具"给其戴上去，使其具有容易辨识的新面目。至于对于题材如何选择，技巧如何取法，每一位写诗的人自然有其不同路径。而我在不同时期有不同尝试，至于做得是否有可取之处，我自己是狐疑的。

最后，我要向谭五昌教授表达深深的谢意，是他为本书的出版提供了良机。近两年我连续参加他发起、组织的"新锐批评家高端论坛"，深深为其对诗歌的各种奉献所打动。本诗系的出版，又是他的一次辛苦付出。同时，我也向出版本诗系的出版社和为诗集辛勤付出的编辑致谢！是他们让诗集的出版成为可能，让诗集变得更加完美。

2020 年 2 月 28 日　深圳